野蛮の
太腿に口をつけ、伝った酒を舐め上げた男は、
そのまま白い内腿に唇をつけ、舐めしゃぶる。

# 野蛮《やばん》の蜜《みつ》

神代《こうじろ》 晄《あきら》
*ILLUSTRATION*：雪路凹子《ゆきみちおうじ》

# 野蛮の蜜

LYNX ROMANCE

CONTENTS

# 野蛮の蜜

# 一章

## I

「変わらないな…」

山あいを走る車の後部座席で、青桐《あおぎり》左京《さきょう》は低く呟《つぶや》く。

「駅前のあたりはかなり開けてまいりましたがね。街においでになったら、まだまだ田舎には変わりありませんでしょう」

運転手の田端《たばた》が静かに答える。

今年三十六歳になる左京が物心ついた頃には、すでに青桐の家で運転手をしていた男だった。田舎で運転手をするにはずいぶん行き届いた男は、左京の母親が嫁《か》する時に実家から共についてきたのだという。

しかし、ミラーに映る顔は左京の記憶にあるものよりもずいぶん老けた。

「喪主は、親父《おやじ》の養子になった男だって聞いたが…」

「透《とおる》様ですか？　私には詳しいことはわかりかねますが、左京様がお帰りになったのなら、左京様が喪主ということになるのではないでしょうか」

ふん、と左京は鼻を鳴らした。自分より十歳も下の義弟がいることが、面白《おもしろ》くない。

自分が都会に出ているうちに、父親の青桐辰馬《たつま》が左京に何の相談もなく瓜生院《うりゅういん》家から養子に迎えた義弟は、実のところ、先日、七十一歳で死んだ父親の事実上の愛人だった男だ。

恥ずかしげもなく四十五歳も年の離れた老人の愛人の座に納まり、その喪主まで務めようという男だった。いったい、どの面《つら》を下げて葬儀の場に顔を出せるのか。

どこの馬の骨とは言わない。出自《しゅつじ》は知りすぎるほどに知っている。青桐の家とは昔から浅からぬ因縁のある、瓜生院家の出の男だ。

左京の実家である青桐家は、ここいら一帯では知らぬ者のないといわれる一番の資産家だった。明治の中期にこの辺りの幾つもの山や集落を含めた広大な土地すべてを手に入れたという青桐家は、広大な土地に屋敷を構えた。

瓜生院家のある瓜生の里は、その頃からすでにこの地にあった里のひとつであり、以来、青桐家の庇護《ひご》を受けてきた。

もともとこの地は山あいの田舎だが、瓜生の里はさらに奥深い山の中、常人なら踏み込むのもためらうような場所にある。

今でこそ、車がすれ違うこともできないような細道が一本、曲がりくねった山奥深くの県道にかろうじてつながっているが、昔は本当にどこの里ともほとんどつきあいを持たない離れ里、いわゆる隠れ里だったと聞いている。

　田畑もろくに開けないような山中で、瓜生の里は「瓜生染《うりゅうぞめ》」と呼ばれる、友禅に近い絹織物を養蚕《ようさん》から行うことで細々と生計を立ててきた。昔はその瓜生染を年に一、二度、里の選ばれた男達が数人ほどで背負って、山を下りてきたのだという。

　その瓜生染は上品な染めと見事な刺繍《ししゅう》、格の高い一点ものばかりなことで知られているが、昔から里の人口が少ないために量産はできない。また、仲買の搾取などもあって、瓜生染だけでは里を支えられるほどの収入は得られない。

　そこで瓜生の里が選んだのが、時代ごとに土地の権力者に年頃の娘や、場合によっては少年を差し出すことで、その権力者の庇護を得る道だった。

　瓜生の里はどうしたわけか、小柄だが色白の美形が多いと昔から言われており、かつては妾《めかけ》を得るために、この瓜生の里を山あいに探した権力者もいたという。一説には、瓜生の里は実は平家の落人らの里で、高貴な姫や官女達の血を引くために顔形がよく整っているのだという話も聞いた。

　そんな話がまことしやかに語られるほど、長い間にわたって他の里とのつきあいを拒み、近親婚を繰り返したせいか、全体的に短命な者が多いという話もあるほどだ。

　その瓜生の里の里長《さとおさ》である瓜生院家には、とりわけ目を見張るような容姿の者が多いらしい。主として、権力者の囲い者となったのは、この瓜生院家の娘や息子だった。

そして、左京の父親の辰馬もご多分にもれず、まず六十歳の時に、この瓜生院家から衿香《えりか》という、当時十六歳だった娘を娶《めと》った。左京が二十六の時の話だ。息子の左京よりも、まださらに十歳も若い娘を、恥ずかしげもなく後妻として迎えたのである。

そもそも、前妻である左京の母親のまど佳《か》が、辰馬よりも二十歳も若い妻だった。父親ながら呆《あき》れた話だが、実はそのまど佳よりも前にも、辰馬には良家出身の妻がいたのだという。辰馬自身、昔から極度に若い良家の娘との色事を好む傾向があったのだろう。

所詮《しょせん》、そういう父親だとは思っていたものの、辰馬のそういった暴挙、人を人とも思わぬ傲慢《ごうまん》な所が、左京には昔から我慢ならなかった。血がつながっていると考えるだけでぞっとする。

母の死後、左京が東京に出たっきり、ほとんど戻ってきていなかったのも、そんな父親の好色で自分本位な所業を心底、嫌っていたせいでもある。血縁であるとも思いたくなかった。

「何ていった？　今、家にいる男は…、透だったか？　どんな奴《やつ》だ？」

「先の衿香様と双子のご姉弟になるそうで、二卵性だそうですが、衿香様によく似た雰囲気のお方です」

「男で姉に似てる？　想像はつかないが、確かに男妾ともなるとあんな古風な日本人形みたいな顔でもないとな」

左京はゆったりした後部シートに深く身を埋《うず》め、肩をすくめる。

双子の姉によく似た男などというのは想像できないが、衿香という娘は確かに少し古風な瓜実顔…、今でいうと卵形というのだろうか。着物の似合う、白くよく整った顔立ちを持っていた。

見かけたのは以前に母の法事で帰ってきた時だけだったが、本当に若く綺麗《きれい》な娘だった。地味な浅い藤色《ふじいろ》の色無地に黒の帯を身につけ、潤んだような黒く大きな目を少し悲しげに伏せていたが、二十歳にもならない娘が、華奢《きゃしゃ》な身体《からだ》にあんな色合せをまとって不自然でないことに驚いた。

一礼されただけで、こちらも特にかける言葉もなかったので、直接に話はしていない。なので、声も知らないし、どういう受け答えをするのかもわからない。

だが、辛《つら》くいたたまれない気持ちはわかる。普通なら学校に通っている歳《とし》の娘が、色喪服を着て前妻の法事の席に後添えとして座っていなければならないのだから、身の置き所もなかっただろう。

そうでなくとも、わずか十六で六十の男のもとに嫁がされたなら、喜びなど何もなかったことは容易に想像がつく。自分が同じ立場に置かれたら、と考えただけで寒気のするような話だ。

五年前、その衿香が山岡《やまおか》という庭師だった若い男と共に出奔したと聞いた時には、それもやむを得まい、辰馬にはいい面当てになっただろうと、かえって痛快な気分だった。

ところが今度は、瓜生院家から恥ずかしげもなく、次の若い男が差し出されてきたと聞いた時には、心底呆れかえったものだった。

妙齢の娘がいないので、次は男だという。しかも、好色な父親は当然のように衿香の代替えを要求し、青桐家に依存する瓜生院家は平然と息子を差し出してきたのだ。

辰馬が辰馬なら、プライドもなく息子を好色な老人の餌食《えじき》に差し出す瓜生院家も瓜生院家だ。男女の区別もなく愛人稼業を是とする、その発想自体が信じられない。

青桐の家、そして辰馬の人脈や資金にはいっさい頼らないままに、己の才覚で立ち上げた事業を成功させ、いっぱしの実業家として独り立ちした左京は強く眉《まゆ》を寄せる。

「透様も、少しお気の毒な立場でございましたよ。ここ二年ほどは、脳溢血《のういっけつ》でお身体の不自由だった旦那《だんな》様のご面倒《めんどう》をずっと見ておいででした」

「瓜生の里と実家の存亡がかかってるからだろうが。そりゃ、養子として青桐の遺産も相続できるとなれば、面倒も見るさ」

左京はやや野性的だが整った顔立ちを、露骨に歪《ゆが》めた。

今日、左京が父親の葬儀に帰ってきた理由のひとつがそれだった。

すでに事業家として成功している左京には、たとえどんなに広大で豪奢であるとはいえ、こんな田舎の山奥にある青桐の家やその遺産などに興味はない。青桐の持つ多くの山や土地なども、不動産管理が面倒なため、どちらかというと処分してしまいたいぐらいだった。

しかし、辰馬の義理の息子となった瓜生院家の息子がその半分の相続権を持つとなると、話は別だ。

遺言書にはどう書かれているのかは知らないが、仮に辰馬が遺言書を残していなければ、法律上は左京と透とで遺産を二分することとなる。

もし、衿香が今も青桐の家に残っていたとしたら、本来一番輝かしかったはずの時代に好色な老人の元に嫁がされ、餌食とされていた哀れな存在だ。左京自身は相続を放棄し、残された遺産全部を渡してもいいと思っていた。

自分の母の菩提《ぼだい》さえ障りなく弔わせてくれるならば、それでいい。むしろ、そうすることで辰馬の振る舞いを償いたいとも思っていた。

左京自身、そうすることで不本意ながら血のつながった実父のしがらみを、これ以降、完全に断ち切りたかった。

ただ、それが瓜生院家から差し向けられた若い男となると、まったく話は別だ。

自分で働くこともせず、のうのうと辰馬の義理の息子の座に納まり、姉に成り代わって愛人として務める男。男のくせに見栄《みえ》もプライドもなく辰馬に尻《しり》を差し出して、青桐家の遺産相続権を得ようとする人間がいるなどとは…。

見てくれは衿香に似ているというが、中身はいったいどんな厚かましい人間なのだと、左京はまだ見ぬ若い男をただただ軽蔑《けいべつ》した。

Ⅱ

「透様」

廊下から、家政婦の大原《おおはら》が声をかけてくる。

「左京様がおつきです。今、表座敷の方においでになりますが…」

自室に近い奥の座敷で、青みがかった漆黒である烏羽色《からすばいろ》の一つ紋の着物を身につけ座っていた透は、年配の女を振り返った。

「今、行きます」

重い気分で応じて立ち上がる。

直接に顔を合わせたことはなかったが、義父の辰馬と前妻との間に一人息子がいるとは聞いていた。今は東京に出て事業を興し、成功しているという。歳は二十六歳の透よりも十ほど上らしい。

はっきりと聞いたことはなかったが、家人の口ぶりからは辰馬とはソリが合わなかったようで、東京に行って以来、ほとんど帰ってきたことがないという。今日の葬儀のために帰ってきたというのも、本当に八年か、九年ぶりだと聞いた。

もともと、衿香と辰馬との結婚にも、年が離れすぎていると反対したという。その後で、出奔した衿香に代わってこの屋敷にやってきた透に、いい思いを抱いていなくても不思議はない。

若い男としては少し小柄な部類に入る透は、左京のいるという表座敷へと向かった。

「失礼します、透です」

透は座敷の襖《ふすま》の手前で声をかけると、襖を開け、畳の上に手をついた。しばらく頭を下げていても返事がないのでわずかに顔を上げると、座卓の前で胡座《あぐら》をかき、こちらへ蔑《さげす》むような目を向けている体格のいい男が目に入った。

あからさまに透のことが面白くない様子の男に、透は恐る恐る声をかける。

「左京さん…」

義理の兄になるはずだが、そもそも辰馬との養子縁組自体が左京の承諾を得ているとも聞いていないので、安易にお義兄《にい》さんと呼びかけるわけにもいかず、透は左京に名前で呼びかけた。

「お前が瓜生院家から来た男か…」

座椅子《ざいす》に背をもたせかけた左京は、薄く笑った。

「確かに小綺麗な顔だな」

精悍《せいかん》でよく整った、かなり男性的な顔立ちだった。いかにも意志の強そうな目は少し辰馬を思わせるが、顔立ちそのものは左京の方がずいぶん上だ。苦み走った二枚目俳優といわれても十分に通る男だった。

上質のスーツを身につけた厚みのある胸回りや広い肩、無造作に崩された長い脚などを見ても、か

なり上背のあることがわかる。

今はずいぶん急成長を遂げている企業の社長だと聞いた。それだけの自信、精力、漲る覇気などがただ座っているだけでも十分に感じ取れる男で、あまりこの辺りでは見かけないタイプの男だった。

「色もなまっちろくて、顔なんて俺の手でひとつかみできそうだな。これなら確かに男でも、好き者の親父が血迷うわけだ」

言葉ほどに透の容貌《ようぼう》に心を動かされた様子もなく、左京はまるで物でも見るような冷ややかな目を向けてくると、出されていたお茶を口に含む。

それだけで透は、喉奥《のど》が重苦しくつまる気がした。目に強い力のある左京と、それ以上視線を合わせていられず、透は目を床に落とす。

「お前が喪主をやるって聞いたが…」

「いいえ、左京さんがお戻りになった以上は、私よりも実子の左京さんに喪主を務めていただくのが筋と思っております」

「別に俺は、自分の母親が親父に苦労させられたのをずっと見てきたから、親父に対して親子云々《うんぬん》の情はない。誰かがやってくれるならそれでもかまわん」

「青桐の旦那様のご葬儀です。私のような人間に務まるものでもありません。どうか…」

「旦那様か…、本当に女房気取りだな」

両手をついて頭を下げる透に、左京の冷やかな声が投げかけられる。

やはり、嫌われている…、と透は目を伏せた。

こんな左京の対応はあらかじめ予測していたものの、ここまで気持ちを頑《かたく》なにしている、いかにも意志の強そうな男の心を解くことが、自分のような人間にできるようにも思えない。

「私は…、姉の不始末に代わって、旦那様のお世話をさせていただいていただけにございます。青桐の家に、奥様は左京さんのお母様おひとりと考えております。女房代わりなどと思い上がった気持ちは、毛頭ございません」

透は控えめに言葉を返す。

若い身空で六十もの男に嫁がされた姉の境遇には同情していたし、そんな姉が若い男と手に手を取り合って出奔したと聞いた時には、姉のためには逃げ出せてよかったと心底思った。むしろ、応援したいぐらいだった。

しかし、結果的にはそれが辰馬を激怒させ、瓜生院家はさらに無理を要求される結果となった。

思いあまって逃げ出した衿香も、よもや自分の後釜《あとがま》に弟の透が据えられるようなことになるとは思っていなかっただろうが、もはや瓜生の里には他に辰馬の相手を務められるような年頃の娘はいない。

そこで見せしめのように辰馬が指名したのは、衿香によく似た顔立ちを持つ透だった。

この家に来てからの扱いを振り返ってみても、おそらく辰馬が透を指名したのは、衿香に面目を潰《つぶ》された腹いせ以上のものだったとは思えない。

さすがに息子を差し出せと言われた透の父親が抵抗し、それならば…、と辰馬は透を養子とすることを名目上の理由に、半ば連行されるような形でこの屋敷に連れてこられた。

以来、透はずっとこの家に軟禁状態だった。実家に連絡を取ることが許されるようになったのは、連れてこられて三年ほどが経ってからだ。それ以降も辰馬は透が衿香のように逃遁《とうとん》することを警戒したのか、衿香以上に屋敷内での行動を厳しく束縛した。

透がそれでも辰馬の言うなりになったのは、辰馬を怒らせれば、自分の里や実家が辰馬の胸ひとつで破綻《はたん》することを、辰馬自身から日々、罵倒と共に嫌というほどに聞かされてきたからだった。

しかし、左京の言葉は辛辣《しんらつ》で冷ややかなものだった。

「そう思っているのは、お前だけだろう？　まぁ、口では何とでも言えるがな。実際、お前は親父の義理の息子になってるし、遺産相続権も持っている」

「…この家の遺産をいただこうとは思っておりません。旦那様が亡くなられた以上、この家は左京さんのものと…」

透はそう弁が立つタイプではなかったが、自分なりに懸命に言葉を連ねる。

言葉通り、青桐家の資産をどうこうするつもりはなかったし、左京が透を気に入らないというのなら、養子縁組を解消し、実家に戻るつもりだ。

ただ、透にはどうしても、左京に頼まねばならぬことがある。それは自分の出自である瓜生の里の存続だった。

今も細々と深い山あいで養蚕と絹織物の織りと染めとを行う、けして豊かとは言えない里への変わりない援助ばかりは、瓜生の里の里長の家系である瓜生院家の者としては、青桐家を継ぐ左京に伏してでも頼まねばならないことだった。

時代錯誤な話だと透も思う。しかし、もうすでに和装の全盛期はとっくに去っており、瓜生染とささやかな山菜摘み程度では、里自体を存続させることが難しい。

瓜生の里はかつて貴人が隠れ住んだ里だと、今も里や周辺一帯では語り継がれており、その分、里の人間の気位が高いと言われていた。

今となってはどういった理由だったのかは知らないが、長い間、周囲の里と混じり合うことを潔しとせず、里長の娘や息子をその時々で権力者に差し出してでも、里の存続と庇護を守り続けたことが、今は瓜生院家にとって非常に重い枷《かせ》となっている。

瓜生の里自体が閉鎖的な村だったが、この青桐家のある一帯もまだまだ閉鎖的な田舎だった。

青桐家からの援助を条件に、六十歳の男が十六歳の娘を娶ることがまかり通ってしまうような土地である。どこも高齢化と人手不足、資金不足で悩む中、昔から他とのかかわりを拒み続けた瓜生の里が衰退してゆくのを、今から急に盛り立てていこうとする者もない。

けして生産的な方法とはいえなかったが、少なくとも透には、今しばらくの間、左京に青桐家から瓜生の里への援助を頼まなければならない理由があった。

病に倒れた父親に代わり、今は里を代表している兄からもくれぐれも左京の機嫌を損なわないよう、うまく頼んでくれと言われており、兄や里、左京との間で板挟みとなる透はこれまで以上に気分が塞《ふさ》いでいた。

「とりあえず、喪主は俺がやる。遺産相続については、葬儀いっさいが終わったあと、弁護士が立ち会って話し合うとさっき連絡があった。家云々の話は、それからだ」

「…はい、承知しました…」

今はとりつく島もない左京の言葉に、透はどうすれば話の糸口を見つけられるのかと思いながら、再度頭を下げた。

Ⅲ

辰馬の通夜を終えた左京は、かつて自分が東京に出るまで使っていた部屋で電話の子機を顎《あご》に挟み、喪服の黒いスーツ姿のまま、東京の会社に残してきた秘書と話をしていた。

「そうだな、通夜も終わったことだし、明日は葬儀で、明後日《あさって》の朝の十時に弁護士が来るらしいから、それと話をすませて昼過ぎぐらいには東京に戻るつもりだ。話が長引けば、こっちを出るのは夕方になるかもしれんが…」

和洋折衷の広い屋敷だが、携帯すら満足に使えない場所だった。

父親に関するドロドロした実家の人間関係を会社の部下らに知られるのが嫌で、こちらには秘書を連れてこなかったせいもあり、左京の方からこまめに連絡を入れなければ、東京に残った秘書は留守居役の家政婦に電話の取り次ぎを頼む以外に方法がない。

今の会社での慌ただしい時間の流れに慣れた身にとっては、こちらに戻ってきて数日の悠長なやりとりには、苛々《いらいら》させられることばかりだった。

むしろ、不幸だった母の思い出も含めて腹が立つばかりで、帰らずにすむものなら帰らずにおきたかったと、左京は忌まわしい義弟の存在も含めてこの家を疎む。

そして、そもそも最後まで自分勝手でやりたい放題だった元凶の辰馬のせいだと、左京は死んでもなお災いの芽を残してゆく父親を呪った。

「太田《おおた》部長には、週明けに話を聞かせてほしいと言っておいてくれ。また明日、電話する」

電話を切った左京は、すっかり日の落ちた窓の外を眺め、カーテンを引こうと窓際に寄った。その時、部屋のドアを外からノックする者がいた。

「左京さん、透です…」

「何だ？」

通夜の際、黒の紋付き袴《はかま》をまとい、自分の隣に黙って座していた男が何の用かと、左京は眉をひそめる。

「すみません、少しお話が…」

もともとそういうおとなしめの声質なのか、ひっそりした声がドアの向こうから語りかけてくる。

煩わしいと思ったが、左京はカーテンをそのままに、ドアを開けに行った。

「こんな時間にすみません、明後日の弁護士さんとの話の前に、私からも左京さんにお願いしたいことがございます。…申し訳ないのですが、私の部屋までおいでいただけませんか？」

辰馬の愛人だった若い男は、潤んだような黒目がちの眼差《まなざ》しで、そっと左京を見上げてくる。

男のくせに姑息に上目遣いか、気持ちの悪いと思ったが、ギリギリのところで視線が逸《そ》らされると、逆に強引に視線を合わせてみたい気にさせられる。

瓜生の里の者は総じて小柄だというが、この透という男もやはり平均よりやや低く、ほっそりとした身体つきだった。顔や手なども小作りで、首や肩まわりなども薄い。すでに二十六歳のはずだが、肌のきめが白く整っているせいか、まだ二十代前半にも見える。

ここに連れてこられた時には、まだ二十一だったと聞いた。社会に出て、まともに働いたこともなさそうな男だ。この白く整った線の細い顔立ちのせいなのか、全体的に物憂げで表情や気配が生気を欠くためなのか、とにかく必要以上に儚《はかな》く頼りなげだった。

双子の姉の衿香は一度見ただけだが、確かに衿香に雰囲気や面立ちがよく似通っている上に、人目に立つほどに美しい。こんな鄙《ひな》には稀《まれ》な、むしろ都会でもあまり見かけないほどの美形だった。線が細すぎて、けして今の芸能界などには向かないだろうが、見た目だけで十分に生計を立てられる種類の人間だ。

辰馬の介護疲れなのか、庇護者を失った今の境遇を憂えているのかは知らないが、首を折ってうつむきがちになるその様子には、衿香よりもさらに辛そうな、今にも手を伸ばしたくなるようなたおやかさがある。

左京は男にはほとんど食指の動かない人間だし、実際に辰馬を軽蔑もしていたわけだが、今、こうして目の前にすると、確かにこの男なら抱けるかもしれないと思った。

四十歳以上歳の離れた男の愛人となって平気な男など、どんなクズなのか想像もつかないと思っていたが、透の少しおとなしめの古風な顔立ちには品と内から滲《にじ》むような色香がある。

見た目にどれだけ綺麗な女でも、品のなさ、色気のなさがおおいに興を削《そ》ぐタイプがいるから、そういう女よりはずっと男心をそそる何かを持っている。

昔、衿香を見た時には、普通なら高校に入ったばかりの歳だったせいもあり、高校に行くこともできずに六十もの歳の老人の慰み者となる娘をひたすら哀れに思っただけだった。

しかし、今、この目の前の男と同い年であれば、もっと未亡人らしい色香をたたえた女に育っていたのではないかと思う。

この着物姿のせいだろうかと、左京は紋付き袴を最初に会った時の烏羽色の一つ紋の長着に着替え、黒っぽい帯を締めた透を無遠慮に眺めた。

この喪服を思わせる黒の着物は、透なりの辰馬への弔意の示し方なのだろう。衿香も左京の母親も、ずっと着物を着ていたので、妻やそれに準じる者に着物を着せるのは辰馬の趣味か。

それにしても…、と左京は思った。

喪服は女を美しく見せるというが、女ばかりでなく、男であっても見場のいい男は、それなりに美しく見えるらしい。

染みひとつない白の半襟と青みを帯びた黒い着物、一度も色を入れたことのないだろう、さらりとした黒髪、そして着物から覗《のぞ》く細い襟足の対比が、いちいち美しい。黒髪と喪服で透の肌の白さが引き立ち、青ざめた顔はよりもの悲しく見える。

あえて弁護士との遺産の話の前に頼みなどとは、この少し思い詰めたような透の表情を見ると、聞いても楽しい話ではないのだろう。

左京はひとつ、頷《うなず》いた。

「ちょうど俺も、お前とは話をしたいと思っていたところだ」

左京の言葉に、透はわずかに怯《おび》えたような顔を作る。眉を寄せた、その思い詰めたような表情は、何とも悩ましい。女のような化粧っ気のない分、素材の美しさがそのまま表情となって表れるのだろう。

透が辰馬の遺産について抱いているらしき下心を知っていても、そんな表情の曇りには妙に好き心をそそられる。

「…どうぞ、こちらへ」

無意識なのか、透は重めの溜息《ためいき》をつくと、黒光りのする長い廊下を先に立って歩き始めた。廊下と黒い着物、その裾から覗く白足袋との対比が嫌でも目につく。黒い着物のせいか、腰の細さが目立つ。腰ばかりでなく、襟足や肩、背中など、すべてが細身の男だった。

和洋折衷の造りである母屋の中でも、透の部屋は日本風庭園に面した純和風の平屋部分、辰馬が最期に寝起きしていた部屋の隣にあるらしい。

父親の、しかも同性の愛人の部屋に招き入れられるなど、何とも生々しい話だと、左京は白けた気分で透の部屋に足を踏み入れた。

招き入れられた部屋は、畳の上に一部分豪奢な緞通《だんつう》を敷いた、居間に使われているらしき十二畳程度の部屋だった。

和室だが、緞通の上には紫檀のテーブルセットが置かれ、アンティーク風のライティングビューローなども並んでいる。緞通の敷かれていない畳部分には、座卓や細々としたものをしまう茶簞笥《ちゃたんす》なども置かれていた。この様子だとここが居間の扱いで、寝室はまた別なのだろう。

「すぐに戻りますので、しばらくお待ちいただけますか？」

透は断ると、部屋を出ていった。

呼びつけておいて今さらどこへ行くのだと忌々しく思いながらも、あえて断っているのをのっけからなじるのもどうかと考え、辰馬はその背を見送る。

介護の関係で、辰馬も母がいた頃とは居室を替えたと家政婦の大原に聞いていた。亡き母への配慮かと思いきや、単にバリアフリーの関係だったと聞いた時には呆れたものだ。

調度品などは、男なだけあって落ち着いたブルーを基調とした控えめなものだが…、と左京はあまり生活臭のない部屋を見まわした。

部屋もインテリアも異なるが、何となく母のまど佳の暮らした部屋に通じるものがある気がする。ここに喜びも何もないような、不思議な閉塞感に似たものだろうか。

左京の母親はかなり裕福な家で両親の掌中の珠《たま》として育てられた娘だったが、父親の事業の傾きを機に、辰馬に借金のカタのように結婚を承諾させられた。通っていた大学も無理に中退させられ、この地に連れてこられたと聞いている。

左京のことは可愛《かわい》がってくれたものの、この家ではほとんど喜びなど見出《みいだ》せないような顔で過ごしていた。

　こんな田舎まで戻ってきたのだ、久しぶりに墓に参ってゆっくり花でも手向けようと、左京は美しかった母の面影を追った。


　透が丸盆にガラスの酒器を載せたものを手に部屋に戻ると、振り返った長身の男は煩わしげに眉を寄せた。

「よけいな小細工はいらない。手っ取り早く話を終わらせよう」

　左京は座卓の傍らにさっさと腰を下ろす。

　スーツ姿の左京にはテーブルに椅子の方が座りやすいかと考えていた透は、先に座卓の横へと腰を下ろしてしまった左京に慌てた。

「すみません、よろしければ、お飲み物を…」

　左京の座った座卓へと酒器の載った丸盆を運ぶ透を、左京は腕組みをしたままでなじる。

「そのやり方が気に入らない。親父と同じで、俺も酒や身体で籠絡《ろうらく》しようっていうのか？　あいにく、こんな田舎でわざわざ男に手を出すほど、俺も不自由はしていないしな。酒に一服盛られても、つまらん」

　辰馬の倒れる前には毎晩、晩酌の相手をさせられていた透は慌てた。

「そんなつもりは…。お酒を嗜《たしな》まれると伺っていたので…。申し訳ありません、私の不注意でした。すぐにお茶をご用意します」

　少しでも胸を割ってもらえればと思ったが、考えが至らなかったのだろう。田舎育ちなのも間違いない。この地で生まれ育った透は、ここ以外の場所を知らないままにこの歳まで来た。

　このあたりでは、男同士で腹を割って話す時には酒があるのが当然とされているが、都会では違うと言われてしまえば、そうなのかもしれないと思うばかりだ。

「お前とゆっくり茶飲み話などする気はないいんだ。さっさと結論を言ってもらおう」

　男は透を睨《ね》めつけた。

「俺は正直なところ、お前の実家である瓜生院家や瓜生の里のあり方自体を軽蔑している。まともに働こうともせずに、若い娘や息子を妾代わりに差し出して、他人の金にたかる。そういうやり方が大嫌いだ」

　丸盆を座卓の上に置いた透は、とりつく島もない左京の言い分に困惑し、やさしい形の眉を寄せる。

「お前の姉には、年甲斐《としがい》もない俺の好色な親父の勝手で申し訳ないことになったとも思ったが、男のお前までがのうのうとこの屋敷にやってきて、親父に尻を掘らせて平気な顔で居つく。簡単には信じられんな」

そういう風に侮蔑を隠しもしない口調で言われると、やはり好かれていないとはわかっていてもいたたまれない。

「おっしゃる意味はわかります。…私のようなものが養子に収まっているのも、過分な扱いだと思っております。旦那様が亡くなった以上、私も左京さんさえよろしければ里に戻るつもりですし、遺産の方も私が継ぐべきものだとは思っておりません」

「ずいぶん殊勝なもの言いをするが、俺がそれで納得するとは思うな。親父が死んだ以上、お前達のような他人の金を宛《あ》てにして暮らしているような連中とはいっさい手を切るつもりだし、お前もお前の実家も、そのつもりでいろ」

怖《おそ》れていた言葉に、透は震え上がった。

左京の言葉はある意味納得もできるが、里には容易に都会に稼ぎに出られるような者ばかりでもないという現状を、左京は知らない。

「お願いします、どうぞお考えを枉《ま》げていただけませんか？　私にできることなら、何でもいたします。里にだけは、今まで通りにご援助いただけないでしょうか？　もう、里はずいぶん高齢化も進み、頼みの瓜生染も以前ほどに作れない状況なんです」

「お前にできることっていうが、これまでろくに働いたこともない男にいったい何ができる？」

男は馬鹿にしたようにせせら笑う。

当《まと》を得た辛辣な左京の言葉に、透は目を伏せ、両手をついて頭を下げた。

「すみません、僭越《せんえつ》でした。ただ、里へのご援助だけはこれまで通りにお願いしたくて…。この通り、お願いいたします。一度、里の現状を見ていただけたら…」

「お前にプライドはないのか？　長らく男の尻を舐め続けて、一人前の男としての誇りも持てないのか？」

左京の前に両手をついていた透は、やにわに胸ぐらをつかまれ、引き寄せられる。

「お前も男なら、軽々しく人の前で土下座などして見せるな。胸糞悪《むなくそわる》い！」

透の言い分に極度に苛立っているらしい男に、息もかかるほどの位置に引き寄せられ、目の奥を覗き込まれた透は、怯えから大きく胸許を喘がせた。

「…そんなつもりは」

「金のためなら頭の一つや二つ下げるぐらいなんでもないなんて輩《やから》には、いくら頭を下げられたところで、これっぽっちも価値がない」

「…ぁ…あ」

胸ぐらをつかまれただけで、いとも簡単に動けなくなった透は、男と目を合わせたまま、悲鳴じみた声を懸命に呑《の》む。

これまで、何度となく悲鳴を上げたといっては辰馬に打擲《ちょうちゃく》されたための、反射的な自己防御だった。

そうでなくとも、見た目も体格もよく、能力にもめぐまれた左京には、透は到底かなわない。精力的にも、牡《おす》としての能力も差がありすぎて、その圧倒的な気配に呑まれて動けない。

はっ…、と左京はすぐ側で、整った顔を嘲笑《あざわら》うように歪めた。

「この淫売《いんばい》…」

揶揄《やゆ》する言葉に、透は耳を塞ぎたくなる。

駆け落ちした姉の代わりに、自分をいつもそう罵《ののし》った辰馬の声が蘇《よみがえ》り、それと共に身の置き所がなくなるような、情けなさと自己嫌悪、絶望、諦念《ていねん》、自棄までが共に湧《わ》き上がってきて、足許から深みに重く沈んでゆくように思えた。

「…だったら、そのように扱ってやろうか？」

低まった左京の声が、喉奥で唸《うな》るように聞こえた。

「…あっ！」

ぐいと着物の胸許を両脇《りょうわき》にはだけられ、自分がどう扱われるのか悟った透は、反射的に抗《あらが》った。

かつて辰馬の慰み者となっていた頃の辛いばかりの記憶から、深い泥の中にただ沈みゆくようだった日々の暗鬱《あんうつ》とした思いと共に当時の痛みが頭をよぎり、透はとっさに左京の腕から逃れようとする。

「…こんな…っ」

しかし、辰馬よりもまだはるかに強い腕の力には、到底、かなわなかった。そして、それ以上に今自分が置かれた立場が蘇り、すぐに透は動けなくなる。

「…惨《むご》い」

小さく口の中で呻《うめ》いた透の中で、五年間、辰馬に繰り返し、何度も執拗《しつよう》にささやきこまれた、呪詛《じゅそ》にも近い、役立たずの淫売という言葉が思考を縛り、身体を縛る。

動かなくなった透をどう思ったのか、それとも、透の喉から洩れたかすかな呟きに気を取られたのか、左京は腕の力をゆるめた。

透は男の腕の中でわずかなりとも自分を庇《かば》うように身を捩《よじ》り、身体を丸めながら、喘いだ。

「自分の立場をわきまえろとおっしゃるのなら…、そのとおりにします」

「何だ？　尻でも振ってみせるか？」

侮辱的な言葉にも、透はただうつむき、うなだれる。

「…しますから、どうか…、どうか、いつものお薬を…」

「薬、何の薬だ？」

眉をひそめる左京に、透は自分の身体を腕で庇うように抱きながら、茶箪笥の引き出しを小さく指さす。

辰馬がかつて、透を嬲る時に用いたクリームだった。何が入っているのかは知らないが、これを下肢に塗り込まれたあと、妙な掻痒感《そうようかん》と動悸《どうき》がしたあとは、頭にボウッと白い膜がかかったようになり、感覚が異様なまでに鋭敏になった。その状態の時はいつも意識が混濁していて、あまりよく覚えていない。とにかく、何をされても昂《たか》ぶって身体中が跳ねる。

辰馬はお前の本性を暴く薬だと言っていた。いくら催淫剤を使っても、その気がなければ男に尻は振れない。この薬は姉と同じ綺麗な顔を持ちながら、透の内に潜むいやらしい欲望、被虐に悦《よろこ》ぶ淫乱な性癖を曝《さら》け出させる薬なのだと何度も嘲笑われた。

だが、辰馬にどんな辱めの言葉を向けられても、また、使用後の脱力感や倦怠感《けんたいかん》はどうしようもなく酷《ひど》くても、少なくとも行為自体の痛みはやわらぐ。

それがなければ、透には男同士のセックスなど、全身が脂汗に濡れるほどの苦痛と身体が壊されるのではないかという恐怖、屈辱感ばかりでとても耐えられない。

左京は透の哀願通り、透の身体をまるでゴミのように放《ほう》り出すと、引き出しの中から潤滑剤などと共に入っていた透の言ったクリームの瓶を取り出した。

「おい」

低い男の声に、透は肩越しに男を窺《うかが》い見る。

左京は瓶のケバケバしいピンクの英語のラベルを眺め、強く眉を寄せた。そして、蓋《ふた》を取ってクリーム状の中身を確かめると、鋭い目つきを透に向けてくる。

「…お前、いつもこんなものを使ってるのか？」

「…旦那様が、これがないと私に面白みがないと…」

目を伏せ、はだけられた胸許を引き寄せながら、透は呟く。

「でも、私もそれがないと辛くて…」

お前…、と左京は手の中で器用に瓶をまわしてみせる。

「これが何か知ってるか？」

「旦那様は、私を悦ばせる薬だと…」

「これは多分、今じゃ薬物規制されてる違法ドラッグだぞ。俺もそこまで詳しいわけじゃないが…、こんなものを常用してると鬱症状を起こすし、この手の薬物は依存性も強い。バッドトリップしたことはないのか？」

「…ドラッグって…？」

自分に起こる症状を思うと、まともな薬ではないとは思っていた。しかし、透はそういった薬に関してはまったく知識がない。また、やめてほしいと思っても逃れようもなかった。

薬物規制だの、違法ドラッグだのといった、これまで考えてもみなかった過激な単語に唇を震わせると、左京は初めて哀れむような目を透に向けた。

「お前、もしかして、いつもこんなものを使われていたのか？　知ってはいるが、親父《アイツ》は本当にクソだったんだな」

左京は手にしていた瓶を、屑入《くずい》れに投げ入れる。その音に身をすくませる透の身を、左京は強い力で引き起こした。

押さえつけられ、力ずくで犯されるのだと、透は必死の思いで左京の胸に腕をつく。

「でも、あれがないと無理なんです。口でします。どうか、口でご奉仕させて下さい」

本気で怯えて抗おうとする透の顔を、大きな手がつかみ、振り向ける。

「お前、これまでどんな扱いを受けてたんだ？　一度もいい思いをしたことがないのか？」

いい思いとは何なのだろうと、透は左京を見上げる。

透にとって、夜の行為はいつも辛いばかりの苦行でしかなかった。姉が逃げ出したのもわかる。身も心も性欲処理の道具のように扱われる。逃げたい、早く終わって欲しいとしか考えたことはなかった。薬のせいで身体が勝手に反応しても、楽しいなどと思ったことは一度もない。

「確かにあんな外道《げどう》な年寄りを相手にして楽しいわけないだろうが…、そんなに本気で怯えるほどに嫌だったのか？」

左京の手前、そんなことはなかったとせめて取り繕おうと思ったが、薄く開いた口はうまく動かない。掠《かす》れた息が、唇を震わせただけだった。

顔を合わせてからずっと険しい顔を見せ続けていた左京が、初めて表情をやわらげる。

節の高い長い指が、思いもかけないやさしさで、そっと唇に触れてくる。こんな表情も持っている人なのだと、他人からそんな風に触れられたことのない透は、まともに左京の目を見つめ返してしまう。

「…お前は、逃げた姉に代わる人身御供《ひとみごくう》か？　顔立ちがやさしげでも、普通に女が好きな若い男だろう？　家だの里だののために、男妾みたいな真似《まね》をしなくていい。これまで親父に好き放題された慰謝料は渡すから、もう家に帰れ」

そういうわけにもいかない。多少の慰謝料は、今、床に伏している難病の父親の介護ですぐに消えてしまうだろう。左京は瓜生の里の現状を知らないだろうが、限界集落に近い状態の里は、もう本当に瓜生染だけでは立ちゆかない。

しかし、それを説明するよりも先に透の口から洩れたのは、まったく別の言葉だった。

「好いた相手はおりません。…小さな里ですし、高齢化が進んで、私と同じ年頃の者などほとんどいない里です」

左京は虚をつかれたような顔をした。透も、どうして自分がそんなどうでもいいことを口走ってしまったのかわからないまま、ただ左京の顔を見上げていた。

左京はしばらく透の顔をじっと見つめていたが、やがて首を横にひと振りした。

「だから、何だっていうんだ？　それで俺に同情しろとでも？　言っておくが、俺は他人の金に依存して生きようなんて輩は大嫌いなんだ！」

「…あっ！」

強い力で胸を突かれ、透は畳の上に倒れ込む。弾みで着物の裾が乱れたのにかまわず、透は声を振り絞った。

「お願いします…」

「…どうか」

透はかろうじて身を起こし、畳に頭をすりつけて、かつて辰馬に強いられた言葉を口にする。

もう、クリームを使ってくれだとか、口でさせてくれなどという余地もない。何としてでも、左京に思いとどまってもらうより他になく、透には他に術《すべ》もなかった。

「…どうか…、お情けを下さいませ」

立ったままの左京が、低く溜息をつくのが聞こえる。

「呆れた男だ…」

左京はその場に膝《ひざ》をついたかと思うと、透の前髪を引きつかんだ。

「だったら、そのように扱ってやる。今日、お前を一晩抱いて、それを一年分の里への援助金にしてやる。それで満足だろう？」

「…っ…！」

上体を起こされ、乱れていた襟許をさらに大きく左右にはだけられる。白く平らかな胸が露《あら》わになる。

一晩耐えれば…、と透は思った。一晩、左京の相手をすれば、一年間、里は生きながらえる。そうすれば、まだ少しは新しい自活への道も探れるだろうか。

透はさらに先の見えない、深い泥の中へと沈み込むような思いに目を伏せる。

「男の胸だな」

何の感慨もなさそうに左京は呟き、指を伸ばしてくる。

「…っ」

「ここは綺麗な色をしてるが…、形も悪くない」

指の背で柔らかく円を描くようにピンクベージュの乳暈《にゅううん》をなぞられ、一瞬、その微妙な感覚に透は息を呑み、身体を震わせた。

「何だ？　ここがイイのか？　女と一緒だな」

言葉ほどの揶揄はないようで、左京は続けてゆっくりと乳暈を指の背で丸く何度もなぞり、透は何度も背筋を細かく震わせる。

「…わかりません」

「わからない？　こうやって撫《な》でてやるだけでビクビクしてるじゃないか？　乳首も尖《とが》ってきた」

左京の言葉に嬲られている自分の胸に目を落とし、透は慌てて目を逸らせる。

左京の言葉通り、何かを期待するように乳頭が赤く色づき、プッツリと勃ち上がっているのが見えた。乳暈もふっくらと赤味を増し、自分の身体なのに妙に淫《みだ》らに見える。

「そんなところ、触られたことがないので…」

正確には触られたことがないわけではない。強く歯を立てられたり、ねじ取るようにきつく扱《しご》かれたりして痛みに悲鳴を上げたことはあるが、こんな羽根の先でそっと触れるか触れないかのような微妙な愛撫をされたことはなかった。

「感度は悪くない。慣れれば、きっと、ここを可愛がられるのが好きになる」

左京は透を抱き寄せると、首筋に鼻先を埋めながら低く言った。

抱き寄せられると、ふっと鼻先を男の香りがかすめる。人工的な匂《にお》いのものではなく、左京が持つ体臭らしい。湿度のあるごくかすかな香りに、生まれ育った里で親しんだ匂いだと、透は思った。

そして、なぜか少しホッとした。

「これが取引でも、その気もない相手を抱く趣味はない。男でも、ちゃんといい思いはさせてやる」

腕の中に抱き込まれ、剝《む》き出しの首筋から鎖骨にかけて舌先を這《は》わされて、その濡《ぬ》れた柔らかな舌の感触に、透は剝き出しの薄い胸を喘がせる。

低い左京の声に、何かの暗示でもかけられているように、肌がどんどん鋭敏になってゆくのがわかる。

何かが違う、これまでとは何もかもが違うと、透は温かな男の腕の中で思った。

「あっ…」

やんわりと指先で片方の乳首を摘《つま》まれ、思わず声が洩れる。下腹に重く独特の感覚が漲ってくるのがわかる。

「ずいぶん色っぽい声が出せるじゃないか」

左京は指の腹で硬く勃ち上がった乳頭をゆるゆると嬲りながら、甘ったるく笑う。

違うと言いかけ、透は唇を嚙《か》んだ。焦《じ》れったい。そんな指の腹でくすぐるように撫でる程度ではなく、もっと強い刺激が欲しい。

唇を嚙む透の表情を楽しむように、男はなおも触れるか触れないかといったタッチで乳頭に触れ、軽く鎖骨に歯を立ててくる。

「…う」

「わかるか？　こんなに固くなってるのが」

「…っ！」

自分でも恥ずかしいほどに固くしこった乳頭を、いきなり両方ともキュッとつまみ上げられ、全身に甘い痺《しび》れが走る。

「…こんな…」

軽く、強く、リズムをつけるように敏感な乳頭を弄《もてあそ》ばれ、透は荒い息の漏れる口許を覆う。

「こんな風に触られたことはないのか？　見てみろ、充血してこんなに赤く尖ってる」

男の声に、恐る恐る目を開けた透は、さっきまでの淡い色が嘘《うそ》のように赤く充血し、つんと尖った胸の先をみる。ぷっくりした乳頭は左京の指先でこねられ、いやらしい形に捩れているのが見える。

「…あ」

透の見ている前で、左京は色めいた笑いをにやりとその野性的な顔に浮かべると、舌先を伸ばして見せつけるように口中に含む。

「あんっ…」

自分でも驚くような甘く濡れた声が洩れ、透はビクビクっと背筋を震わせた。

「あぅ…」

「ずいぶん、イイ声出すな」

違うと首を振るが、こらえようとしても勝手に喉の奥から濡れた声が洩れる。

まさかこんなところで感じるなんてと思っても、男に舐められている乳頭の感覚はどんどん鋭敏になって赤く膨れ、温かな舌先や濡れた感触、軽く吸い上げられる刺激のひとつひとつに甘く痺れたような電流が走り、疼《うず》く。

「んんっ」

身体を支えきれず、透はずるずると畳の上に崩れ落ちる。

その間も左京の大きな手は背中から脇腹へと這い、その度、透は身体をひくつかせ、強く反らせた。

「…こ…んな」

こんなの知らない、と透は細い眉を寄せて喘ぐ。これまでとは、全然違う。触れられる箇所に次々と熱がこもり、火照ってゆく。

男なのに、男同士なのに、こんな…、と思う一方、男の手が造作もなくもたらす快感に勝手に身体が溺《おぼ》れ、判断力も鈍ってくる。

「こんなのは初めてか?」

意外に甘い左京の声に夢中で頷き、熱っぽい息を吐いた透は、自分の胸に舌を這わせる男の髪に指を絡ませる。

「じゃあ、ちゃんとよくしてやる」

透は与えられる初めての快感に夢中で、左京の声に少し哀れむような色が混じったことには気づかなかった。

片方の乳首を弄《いじ》られ、もう片方の乳首も甘嚙みされ、強く吸われ、時に見せつけるように舌先でぬらぬらと舐め上げられると、とても拒んでいるとは思えないような声が洩れる。

「…ふっ、…んっ」

気持ちいい。

うっすらと首筋が上気してくる。力を失った膝が割れ、着物の裾がはだけて白い脛《すね》が露わになる。

そこへするりと男の手が差し込まれ、なめらかな内腿《うちもも》を撫で上げてくる。

「…は…」

まったく無防備な場所に加えられる新たな刺激に、何とか声をこらえようとする透の肉薄い臀部《でんぶ》を、男の大きな手がすっぽり包み、そのまろみを確かめるようにゆっくりと撫で回してくる。

「そんな…触り方は…」

おかしくなるのでやめてほしい…、言いかけて、透は唇を噛む。何とか声をこらえようと足掻《あが》いてみるが、息は荒み、固く反った白足袋は甲斐なく畳の上を滑った。

「あっ！」

するりと臀部から前へと滑り込んだ大きな手に、下着越しに反りかえったモノを握り込まれ、思わず声が上がる。

「うん？　こっちはずいぶん気分出してるな」

「…はっ…、…あっ」

布越しに触れられているだけなのに、ひどく感じる。布の上から軽く扱かれただけで、勝手に腰が振れてしまう。

「ずいぶん、ぐっしょり濡れてるじゃないか」

「…ぁ、…言わないでくださ…」

透は小さく呻く。下着の中で、張りつめた先端から、またじんわりと透明な蜜《みつ》が溢《あふ》れるのが自分でもわかった。

左京は無造作に着物の裾を割り、透のすんなりした両脚を大きく押し広げる。

「あっ…」

湿った下着越しとはいえ、恥ずかしげもなく反応している箇所を見下ろされるのが辛い。

そして、辰馬には薬を使われなければほとんど反応しなかったものが、この男の前では固く張りつめ、しとどに濡れそぼっていることに羞恥《しゅうち》を覚える。

「ずいぶん色気のない下着を着けてるんだな」

左京が低く笑うのに、白い両脚を左右に割られたままで透は耳朶《みみたぶ》まで赤く染めた。

着物の下に身につけているのは、家政婦が揃《そろ》えたごくありきたりのボクサーブリーフだ。これまで身につけるものをどうこう思ったことはなかったが、左京に笑われると強い羞恥を感じた。

だが、いったい何を身につければそそるのか、それには思いもいたらない。ただ、無粋な下着を晒《さら》すことが今は妙に恥ずかしい。

「…だが、この喪服っていうのは、妙にそそる」

正式な喪服ではない。ただ、義父である辰馬の死に弔意を示すために、黒っぽい着物を身につけている。着物以外の服は持たされていなかったし、四十九日まではそうするつもりだった。

左京は上着を脱ぎ捨てるとネクタイを襟許から引き抜き、再度、透に覆い被《かぶ》さってきた。透はそれを潤んだ目で見上げる。

「ずいぶん、色っぽい顔を見せるんだな」

左京は再び下着の上から、蜜に湿った透自身をゆっくり撫で上げながら笑う。

「とりあえず、この野暮《やぼ》な下着を脱いでもらおうか。興が削がれる」

「そんな…」

男の下着を脱がすのに手を貸すつもりはないのか、左京はからかうように少し厚めの唇を透の首筋に押しあて、甘噛みを繰り返す。

そのくすぐったい感触に、透は眉を寄せて逃れようとするが、強い力で肩を抱かれていて思うように逃れられない。片手で下着越しに嬲られると、腰ばかりがもどかしく蠢《うごめ》く。

「…っ」

腕の中で声を殺して盛んに腰を捩る透に、左京は低く笑った。

「このままにしておくと、下着ばかりがやらしい汁でどんどん濡れるぞ」

羞恥でいっぱいになりながら、耳朶を赤く染めた透は喘ぐ。

「脱ぎますので…、あちらを向いていていただけませんか？」

「そのままだ。そのまま、イヤらしく腰を振って、下着を下ろせ」

命令は野卑だが、少しハスキーな左京の声は妙に甘い。

「…できません」

透は着物の前をはだけられたまま、左京の腕の中で首を振る。

「じゃあ、そのまま下着を濡らしておくか？　聞こえるか？　エロい音だ」

ヌチャヌチャと、左京はわざと音を立てるように濡れ湿った部分を強くこする。

「あっ…ぁっ…」

「どんな音が出てる？」

耳許にささやきこまれ、透は真っ赤になって首を横に振った。

「…脱ぎます…から…」

もうこれ以上、言葉で嬲らないで欲しいと、透は唇を噛み、グレーの薄いニット地に指をかける。

「腰を振れ」

左京の言葉に透は泣きそうな思いで、恥ずかしい染みの浮いた下着をまとった腰を、不器用にもじもじと動かしてみせた。左京は低く笑う。

「下手だな。ひどい腰使いだ。今日び、中学生でも、もっとうまく腰を振るんじゃないのか」

「もう…許してください…」

濡れたニットの薄手の生地が、昂ぶった箇所にぴったり貼《は》りついているだけでも恥ずかしいのに、さらにそれを男の目の前で思わせぶりに蠢かしてみせるなど、万事控えめな透の気質からはとても考えられない行為だった。

うなじまで赤く染めた透の細い声に、片膝を立てた左京は喉の奥で笑う。

「わかった、俺も子供のお遊戯みたいな腰振りを見たいわけじゃない」

ホッとした透に、左京はさらに残忍な命令を下した。

「そのままゴムに指をかけて、思わせぶりにゆっくり下ろしてみせろ」

透は浅い呼吸を何度か繰り返し、固く目をつぶって男の言葉通りに下着の平ゴムに手をかけ、下ろしてゆく。

ただ同性相手に局部を晒すだけのことだと思ってみても、おそろしく恥ずかしい。

そもそも脱がなければ関係できないとわかっていても、ここまで恥ずかしさで身を焼かれるような思いをしたことは、今までなかった。

「もっとゆっくりだ」

着物の襟許を二の腕まで剝かれ、はだけた裾を帯の上までたくし上げたどうしようもない格好で、透は左京に命じられるままに、じわじわと腰骨に添って指を押し下げてゆく。

「…っ」

反りかえった先端にゴムが引っかかるのを、なおもそのままに指を下ろすと、平ゴムの縁からつるりとした先端が弾むように飛び出す。

「こっちも、子供みたいに綺麗な色だな」

左京の揶揄を、必死で聞かない振りをする。

「見ろよ、イヤらしい汁が糸引いてる」

左京の言葉に視線を動かすと、言葉通り、濡れた下着と先端から透明な蜜をふりこぼし続ける透の性器との間に、ぬめった粘液がつうっと細く銀色に光って糸を引いていた。

その細い細い銀色の粘りが、淡い下萌《も》えに絡まる。

「…あ」

言い逃れのしようのないはしたない眺めに、透は細い声を上げる。

「まだだ、そのまま全部下着をおろせ」

「…はい」

女に不自由なさそうなのに、透などにこんな真似をさせて左京は楽しいのだろうか。

だが、透の方も身体が熱い。こうして左京の目の前で下着をおろし、昂ぶったものを晒してゆくだけで、さらにじんわりと先端の小さな鈴口から、温《ぬる》んだ透明な蜜が溢れるのが自分でもわかる。

「見られるのは好きか？」

からかう男の声に、透は下唇を噛み、小さく首を横に振った。羞恥に視界がかすむ。

「だが、お前自身はずいぶん気分出してるぞ」

「…ぁ」

こんなのは自分ではないと言いたいが、その言葉に煽《あお》られ、上向いた性器の先端がまたヒクリと動いたのは確かだった。

「中学生みたいな毛だな」

徐々に露わになる白い下腹と、その薄い茂みとに、左京は薄く笑う。わずかばかり下腹を覆っている陰毛まで、すっかり見られていることに透は身体を震わせる。

「そうだ、そのまま竿《さお》にひっかけろ」

左京の命令に透はすすり泣いた。何とか命令に従おうと思うが、羞恥で指が震え、うまくひっかからない。

「袋の下から持ち上げて、ひっかけろよ」

勃ち上がった性器を持ち上げ、左京の目の前に下着のゴムを使って、それをより強調して見せろという言葉に、透は泣きながら従う。

それでも根本からぐっと平ゴムに持ち上げられると、そこを見られているという興奮からか、よりぐんと先端がしなり、鈴口からタラタラと雫《しずく》が漏れる。

「見たら萎《な》えるかと思ったが…、色も形も綺麗なもんだな。お前がやると、妙にエロくさい。俺の前でそんな格好をして、どうだ？」

「…恥ずかしいです」

透は蚊の鳴くような声で答えた。

「言ってみろ。女の子みたいに乳首弄られて、こんなにグショグショに濡らしてしまいましたって」

男の命令に、透は必死に首を横に振る。

「…言えません…」

「そうか」

赤く充血して、小豆粒ほどの大きさに膨れた乳頭を、きゅっと指の間でより合わされる。それだけで、ピクンと甘い疼きが胸に生じる。

さっきはおとなしい色味だった乳暈ごと充血してふっくりと持ち上がり、先端は固くピンとしこった。

左京はそれ以上、卑猥《ひわい》な言葉を強要せず、下着のゴム部分で袋ごと下から持ち上げられるような形になっている透の生殖器をやんわりと大きな手に握り、ゆるゆると上下に扱き出す。

「…んっ…、はっ…」

「気持ちいいか？」

さっきよりもはるかに甘い左京の声に、透は唇を噛みながら頷く。勝手に腰が男の手の動きに合わせて、ゆらゆらと揺れだしてしまう。

左京は透の下肢を嬲りながら、首筋から薄い胸、特に脇から胸にかけて、執拗に舌を這わせる。

「あっ、あっ、…ああっ！」

それ以上、自分の身体を支えていることができず、透は左京の髪に指を絡め、ずるずると畳の上に崩れこんでしまう。

男はチュクチュクと時にはわざと濡れた音を立て、ぷっくりと膨れ上がった乳暈ごと口に含んで吸い上げる。痺れるような甘さで、赤く茱萸《ぐみ》の実のように膨れ上がった乳頭を柔らかく舌先で転がされると、左京の手に自分から下肢をすりつけてしまう。

「あっ、お願いです、いっそひと思いに…」

羞恥のあまり、もう早く入れて終わらせてくれと懇願する透に、左京はまだ余裕のある顔を見せる。

「ただ突っ込んで腰振るだけが、セックスじゃない。それをお前に教えてやる」

「だって、こんな…」

喘ぐ透の脚から、男は透の滴らせた蜜で、もう使い物にならない下着を抜き去る。

着付けていた着物は帯もゆるみ、白の襦袢《じゅばん》ごとぐずぐずに着崩れてしまっていた。抗おうにも、左京に与えられる快楽のために四肢に力が入らない。

左京は下着を抜いた透の身体を仰向《あおむ》けさせ、大きく両脚を開かせると、その間に身体を割り入れた。すべてを男の目の前に晒してしまう、あまりに生々しい体勢に、顔から火が出るかと思った。

「は…放して…」

とっさに逃げようと思ったが、強い力で太腿を押さえつけられているために動けない。そこに男は机に置いてあった銚子《ちょうし》を取り、透の昂ぶったものに上から注ぎかけた。

「ひっ…！」

いきなり脚の間を生温い酒で濡らされる感触に、透は悲鳴を上げる。

注がれた酒は茂みを濡らし、透のものから股間《こかん》を伝って太腿から染みのない尻にまで伝っていた。

濡らされた股間で、自分の昂ぶりきったものが恥ずかしげもなく反りかえっている光景があまりに淫らで正視できない。温いアルコールが、張りつめた生殖器の粘膜からじんわりと沁みいってくるような気がする。

「ずいぶん派手に濡れちまったな」

左京は見せつけるように、透の太腿を伝うアルコールを舐めすすった。

「ああ…」

太腿に口をつけ、伝った酒を舐め上げた男は、そのまま白い内腿に唇をつけ、舐めしゃぶる。

「ひぃ…っ」

直接に触れられたわけでもないのに、透はその濡れた感触に身体を震わせ、前置きもなく達してしまった。

「あふ…っ、あぁん」

透は白い胸を激しく喘がせながら、射精の余韻に身体を甘く震わせる。

左京はかまうことなく太腿に厚みのある舌を這わせ、アルコールに濡れた茂み、蜜袋から透の砲身、そして白濁に汚れた下腹まで、貪《むさぼ》るように舐めしゃぶった。

身にまとわりついた着物も襦袢も、もうドロドロだった。

ためらうことなく汚れた下肢を口に含まれ、射精したばかりの透の分身は再び頭をもたげる。透は逆らう術もなく、下肢を口に含まれる感触に喘ぎ続けるしかなかった。

煌々《こうこう》と明るく電気のついた下で、アルコールと男の唾液《だえき》に濡れた、白足袋をつけた両脚を大きく左右に割り開かれる。

恥ずかしい。脚を広げられて覆うものもない箇所を、男の目の前にじっくりと晒される羞恥に、透は顔を覆う。

与えられる快感にすっかり硬起した性器や、成人男性としては淡い茂み、そしてその後ろにひっそりと口を閉ざした排泄器官《はいせつ》のすべてを見られている。

　これまで、凌辱《りょうじょく》されたことはあっても、ただ見られるだけのことがこんなにも恥ずかしいと思ったことはない。

「こっちまで綺麗な色だ。子供みたいな色をしてる。萎えると思ってたが、こいつはクるな…」

　左京は、無防備な箇所にやんわりと指先で触れながら呟いた。

「…見な…で…」

　羞恥のあまり、声も出ない。緊張と恥ずかしさから、明かりの下に晒された白いなめらかな内腿が細かく震える。白足袋をつけた爪先《つまさき》が、何度も小さく痙攣《けいれん》して跳ねた。

「ここに咥《くわ》え込んだのは、親父一人だけか？」

　左京は潤滑剤の蓋を開けながら、低く問う。透は唇を震わせた。

　言いたくない。言いたくないが、嘘をついてもすぐにばれるのだろうと思った。

「…二人…です」

　死ぬような思いで呟くと、はっ、と左京は低く吐き捨てるように笑う。

「他の男も咥え込んでたのか。おとなしそうな顔して、けっこうな好き者だな」

「違…、ひっ！」

　小さく窄《すぼ》まった箇所にヌルリとした指で触れられ、否定の言葉も喉の奥へと消える。濡れた感触に悲鳴が漏れたが、その温かな潤いは不快な感触ではなかった。

いつも冷たいまま、ただ透を性道具として突っ込むためだけに用いられていた潤滑剤は、男の手によって人肌にまで温められている。

左京の指が、ヌメリと潤いと共に透の秘所にゆっくりと円を描く。

「ああ…」

敏感な場所をやんわりと揉《も》みほぐすように、何度もマッサージされる。焦れったいほどに緩慢《かんまん》で、もどかしい動きだった。

その緩慢さと緩急のある指の巧みさに、固く締まっていた秘所が緊張に耐えかねてか、やがてツプツプと音を立て始めるのがわかる。

「わかるか？　ぴったり口を閉ざしていたのが、少しずつ開きはじめたぞ」

時折、粘りのある潤滑剤を何度もゆるくまぶされた蕾《つぼみ》は、ヒクッヒクッと透の息遣いに合わせ、中の臙脂《えんじ》色の粘膜を左京の前に垣間《かいま》見せる。

力をゆるめるまい、侵入を許すまいと思うのに、透の意思とは無関係に徐々にその間隔は狭《せば》まり、男の目を楽しませてしまう。

「んっ！」

左京の指の動きに気を取られた隙《すき》に、ヌルリと内部に指を押し込まれ、透は目を見開いた。

前はほとんど暴行同然に指や異物を挿入されていたため、反射的に身体が強張《こわば》りかけるが、節の高い左京の長い指は潤滑剤の潤いを借りて巧みに中に入り込んでくる。

「…あっ」

そのスムーズな侵入に、透の方が驚いたぐらいだった。

「…っ…、中に…」

「そうだ、お前のココが俺の指を根本まで咥え込んでる。中はずいぶん熱いな」

左京の声を聞くまいとするが、深みのある男の声には、ついつい意識を取られる。

左京は強引さすれすれのもどかしいところで、じっくりと透の中で指を動かす。クチュクチュという濡れた卑猥な音が耳をつく。自分でもけして触れない内側を、こうして我が物顔で男の指にまさぐられる羞恥に、透は身を揉んだ。

左京の焦りのないがっしりした指の動き、自分の中で左京の指の関節がゆるゆると前後に動く様子、その指を咥え込んでいる粘膜が男の指に絡みつく様子のひとつひとつが、いちいち意識されて辛い。

辛いというより、違和感と共に、これまで覚えたことのない微妙な快感があることに、自分でも戸惑いを覚える。

耳を覆いたくなるような音と共に出し入れされていた指は、すぐに二本に増やされ、微妙な快感はこらえようとするほどに、はっきりと快感だと意識される。

特に時折、強く内側から持ち上げられるように肉壁を押される度、透の身体に痺れるような甘い感覚が走り、濡れた声がこぼれてしまう。

「あっ…んーぅ…」

透の懊悩《おうのう》する表情すら楽しもうかというように、男は上から見下ろしてくる。

せめて上擦った喘ぎを聞かれまいと声を殺してみるが、その分、形のいい眉根は寄り、喘ぎを押し殺そうとする美しい顔はうっすらと上気する。

そんな快感に煩悶《はんもん》する表情が逆に男を楽しませるばかりだと知らない透は、なんとか声を上げるまいと左京のシャツに縋《すが》り、逆にさらに指を三本に増やされて、悲鳴に近い声を上げた。

「入り口も中も、ドロドロに柔らかくなってきてるのがわかるか？　特にここを押されると…」

指の腹で前立腺《ぜんりつせん》の裏側をぐうっと強く押され、透は身も世もなく声を上げた。

「あっ！　ああっ！」

腰にビリビリと痺れに近い衝撃が走る。一瞬、あまりの快感に再び射精したのかと思ったほどだった。すんでのところで頂点を逸らされ、透は快楽に潤んだ目で左京を見上げる。

薄く笑いを浮かべた、彫りの深い左京の顔は端正で、その顔に浮かんだ牡めいた表情に下肢が疼く。

この人の長い指で身体の内側を深々とえぐられているのかと思うと、自分でも理解できない甘ったるいうっとりするような陶酔が生まれる。

「はぁっ、また…っ」

またぐいと肉壁を中からこねられ、透は自分でも意識しないうちに男に腰をすりつけた。

再び、絶頂を躱《かわ》される。えぐられ、躱されるを繰り返すうち、透は次第に嬌声《きょうせい》を止められなくなってきていた。

視界が涙で滲む。すっかり頬《ほお》を上気させ、髪を汗で額に貼りつかせながら、透は男の指に翻弄《ほんろう》され続けた。

もう何本の指が自分の中を我が物顔に出入りしているのかもわからない。届きそうで届かない極みを求め、しだいに手脚も左京に巻き付いてゆく。

先端からとろとろと雫を滴らせ、臍《へそ》につきそうなほどに反りかえっているものを、恥じらいもなく男の昂ぶっているものに押しつけ、熱い息をこぼす。

男の指に合わせて腰はうねうねとくねり、濡れ綻《ほころ》んだ蕾は潤滑剤と蜜にまみれ、赤く充血して濡れ光っていた。

「はぁ…っん、あっ…――っん」

腰が浮き、もう自分の恥態にも気がまわらなくなった頃に、ようやく散々に透を煩悶させた四本もの指が出てゆき、かわりに左京は見せつけるようにジッパーをおろし、その見事なものを取りだした。

張り、サイズ共にずっしりと重量感のある、堂々たる逸物だった。

これまで挿入は恐怖と嫌悪、絶望でしかなかったのに、とろけ綻びきった粘膜に左京のモノをあてがわれると、喉が鳴る。

「ずいぶん、物欲しそうにヒクついてるな」

「ああ、嘘…」

透は真っ赤になって目を伏せる。

だが、口で否定してみても、潤滑剤にまみれて赤く腫《は》れぼったくなった自分の秘部が、さらなる悦楽を求めて生き物のように浅ましくヒクついているのはわかる。

自分でも信じられない。こんな箇所を男のモノで深くえぐって欲しいと思うだなんて。

しかし、充血してヒクつく粘膜をずっしりした逸物で何度もからかうように意地悪く突かれると、身体は期待に勝手に弛緩《しかん》した。

「わかるか？　また大きく口を開いたぞ」

「ん…」

膨れ上がった亀頭《きとう》を押しあてられ、その圧迫感に透は息をつめる。

しかし、濡れそぼった箇所は加えられる圧力に蕩《とろ》け、グウッとその巨大な先端を受け入れはじめた。

「あ…入って…」

「そうだ、美味そうに呑み込んでゆくのがわかるか？」

「そんな…、私は…、あっ…ああっ」

無理なのにという言葉が喉の奥で消え、濡れ火照った粘膜を大きく張り出した亀頭部でヌップリと押し広げられて思わず洩れたのは、悦びの声だった。

「あぁ…、ああ…、すごい…」

うっとりとした譫言《うわごと》のような声が、透の唇からこぼれる。

「大きい…」

両脚を大きく割り広げられ、ずっしりした重量感が下肢を穿《うが》つように押し入ってくるのに、透は恍《こう》惚《こつ》として目を閉ざす。

すでに火照り蕩けた粘膜はいっぱいに押し広げられ、長大な男のモノに嬉《うれ》しげにまとわりついてゆくのが、自分でもわかる。

「呆れるぐらいに床下手だが、こっちの具合はいいな。嬉しそうに締め上げてくる」

「あっ…ん」

細腰を捉《とら》えられ、なおもヌウッと強い力で奥まで押し入られながら透は甘ったるい声をこぼす。

左京はまだ余裕があるのか、無理のない力でゆっくりと腰を揺するようにしながら秘肉をえぐり、透を何度も喘がせながら、やがてはその巨大な逸物のすべてを透の中に沈めた。

「あ…ぁ」

「わかるか？　俺が根本まで入ってるのが」

「そんな…」

透は信じられない思いで結合箇所を見下ろし、慌てて羞恥に目を逸らす。

「中も熱くてトロトロだ」

左京は透の手を取り、すっかり根本まで埋まったモノに触れさせる。

「太い…、こんなのが…」

自分よりもはるかに大きなサイズのモノを腰の奥深くまで呑みこみ、痛みもなく、むしろ腰が溶けてしまいそうな快感すら覚えることが信じられない。

「そうだ、お前が嬉しそうに根本まで咥え込んでる」

「言わないで…、ンッ…、あんっ」

ゆるやかに揺すぶられ、透は濡れた声を上げた。媚薬《びやく》を使われたわけでもないのに、ぬかるんだ粘膜が男を深々と咥え込んでは締め上げる。

左京が尻の狭間にあふれ出るぐらいにたっぷりと注ぎ込んだ潤滑剤が潤いとなり、左京の動きに伴い、抽挿《ちゅうそう》のたびにヌチュヌチュと耳を覆いたくなるような恥ずかしい音を立てている。

なのに、その音を聞くと、身体の奥に火がついたようになる。深々と穿たれて重苦しいはずの強烈な圧迫感が、逆に身体を奥から揺さぶられる快感になる。

「腰が動いてるぞ」

「…これは…、…ぁ、…違…」

言いかけ、透は甘い悲鳴と共に男の背中に爪を立てる。

「あっ、はぁっ…！」

中の一点をぐりっとえぐられ、一瞬、頭の奥が真っ白になり、手足が細かく痙攣する。

「はっ…、あっ！　ああっ！」

頭が朦朧《もうろう》としてきて、むやみに涙がこぼれた。

気持ちがよくて、喉の奥が開き、止めようもなく淫らな声がこぼれ出る。どう聞いても、悦んでいるとしか聞こえない声だった。

「イイのか？」

体奥深くをえぐる男に尋ねられ、透は男の身体に四肢を絡めたまま、夢中で頷く。

どっしりとした左京の身体の厚みと重みが気持ちいい。脚を大きく左右に割り開かれていることにすら、今は快感を覚える。

「いい…。こんなっ…、あぁっ…！」

深々と熱く蕩けた秘肉をえぐられる。

「こんなの…初め…てっ」

これまで感じたこともない快感と律動感に、透はこれまでの慎み深い顔をかなぐり捨てて、強く眉を寄せ、喘ぎ続ける。

「ああっ、もうっ…、イイっ」

甘ったるい声をふりこぼし、男に合わせて腰を蠢かせる透の耳許で、左京は低くささやく。

「イクって言えよ」

その悪戯《いたずら》っぽい顔に、透は一瞬、見惚《みほ》れる。

額にうっすらと汗を浮かべ、左京自身も整えてあった髪をこめかみのあたりで乱した、男の色香の漂う顔となっていた。

「っ…無理…、言えな…、あっ、あっ」

そんな恥ずかしい言葉は言えないと思ったが、濡れた秘肉を何度もえぐられながら左京の顔を見ると、何かが頭の奥で弾《はじ》け飛んだ。

内奥から揺さぶられ、快感がどんどん増してゆく。

最奥《さいおう》部を突かれる度、高い声が上がった。

「いくっ…、あぁっ、イッちゃう…っ！」

叫ぶと、頭の奥から爪先にまで、白く痺れるような快感が迸《ほとばし》り、左京の引き締まった腹部にこすられていたものが爆《は》ぜる。

「あぁっ…！」

「…お前…っ、そんな、いきなり…っ」

急速に強く収縮した透に、左京も低く呻き、大きく腰を震わせた。

「…畜生《ちっくしょう》…っ、締まる…」

低く呻きながら、左京は透の両腿を引きつかみ、腰を大きく前後させる。

「あっ、中にっ…」

透は体奥深くに熱いモノが迸る感触に、身体中を震わせる。

次々と噴出される男の精液に、中が熱く濡らされる感触を生々しくも愛《いと》おしく感じる。

「…ぁ…、…熱い…」

狭い内部いっぱい、男の白濁液でたっぷりと穢《けが》されることすら、今はうっとりするような陶酔を呼んだ。

「ん…」

やがて荒い息をつきながら、左京がズルリと透の中から、まだ硬いままの砲身を引きずり出す。その感触にすら、腰が揺れてしまう。

「ぁん…」

これまで味わったこともないような深い陶酔に身体を何度も細かく震わせ、透は自分の着ていた着物の上にぐったりと身を投げ出した。

その目前に、まだ猛《たけ》った形を失わない男のものを突きつけられ、透は快感に潤んだ瞳《ひとみ》で隆々とした左京のものを見上げる。

「お前の中に出したものだ。口で舐めとれ」

唇に軽く押しあてるようにされ、透はうっすらと柔らかい朱唇を開く。

自分でも信じられない思いもあったが、むしろ眩《くら》むほどの快楽をくれたその猛々しいものが今は愛おしい。

「…ん…む」

透は舌先を伸ばして男の白濁を舐めとると、唇をいっぱいにまで開き、その長大なものを喉の奥にまで迎え入れる。

「エロい舐め方するなぁ」

こればかりは辰馬に無理に教え込まれたものだったが、こんなにも自分から進んで男のモノに口づけたい、喉奥に含みたいと思ったことはない。

口中をゴツゴツと昂ぶった硬いものでこすられると、うっとりするような陶酔感が湧いてくる。

「ん…」

夢中で舌を絡め、頬張っていると、男がからかうように低く尋ねた。

「美味いか？」

「はい…」

いったん抜き取られた男のものに頬ずりせんばかりに顔を寄せ、透は恍惚として答えた。

「美味《おい》しいです」

美味いというより、この重量感のある巨大なもので口中を深く犯されることにじんわりとした被虐的な快感を覚える。

許されるなら、ずっとこうして男のモノを咥えていたいとすら思う。

「お前の口に出すのも悪くないが、そのフェラ顔見てたら突っ込みたくなった」

透の唇をゆるゆると猛ったもので突きながら、左京はにやりと笑う。

「四つん這いになって、尻を上げろ」

「…はい」

男の命令に、透は皺《しわ》だらけになった白襦袢の上に気怠《けだる》い身体を押して四つん這いとなり、まだ火照りの治まらない腰を持ち上げ、交合のための淫らな器官を晒した。

羞恥よりも、味わったばかりの快感で頭の中がぼんやりかすんだようになっている。

「入り口が赤く濡れて、ヒクヒクしてるじゃないか。中のイヤらしい肉まで丸見えだ」

「お願い…です…」

さらなる刺激を求めてヒクついていることは、自分でもわかる。

「…言わないで下さい」

言葉にして責められると、たまらない気持ちになった。

「頭を下げて、もっと尻を上に突き出せ」

うまくまわらない頭で、男の言葉通りに頭を低く下げ、逆に四つん這いのまま、肉の薄い白い尻を高く上に掲げる。

その被虐的で淫らな格好ですら、痺れた理性には甘く恥ずかしい興奮となった。

ドロドロに蕩けきって、まだ潤滑剤と精液にまみれ、腫れぼったい粘膜に男のペニスが押しあてられる。

「ああ…」

男に向かって尻を差し出した格好で、透は小さく呻いた。ヌップリと重みを伴って押し入ってきた巨大なものが、まるで自分の一部であるかのように愛おしい。

ぬうっ…、と男の逸物が潤った粘膜をこすり上げ、奥深くにまで入り込んでくる。犯されたばかりの秘肉は、やすやすとその侵入を許した。

「…ぁ…、こんな深く…」

まるで譫言のような言葉が口をついて出る。

「いい具合に吸い付いてくるな」

背後から腰を引き寄せ、ゆっくりと腰を使い始めた男に、透は夢中になって頷いた。

「あ…、奥まで入ってくる…」

根元まで深々と貫かれ、ジンと甘く痺れるような快感が生まれる。

「そうだ、中が蕩けるように熱い。ずっぽり根元まで喰《く》いついてくる」

「あぁ、嘘…」

逃れかけた腰を逆に強く引き戻され、自分の中にすべて入り込んでいることが信じられないほどの男の威容、逞《たくま》しさを意識する。なのに、腰は男を味わうように勝手に蠢いてしまう。

「いやらしいな、もう腰の使い方を覚えたか？」

揶揄する男の声に、桜色に上気した身体が震えた。だが、濡れた箇所は貪欲《どんよく》に怒張を呑みこみ、喰い締めるのがわかる。

「はっ…、あっ…許して…」

自分でも止められない腰の動きに、透は泣きながら腰を使った。

汗ばんだ胸許で固く尖ったままの乳首を、背後から伸びてきた男の指先がつまむと胸許からジンジンした甘い痺れが走る。

「あ…、あ…っ」

ひっきりなしに濡れた声が唇からこぼれる。背後から腰を抱かれ、獣のような格好で男と交わっていることを思うと、羞恥に薄い肌が桜色に上気した。

だが、普通なら壊れてしまうのではないかと思えるほど奥深い場所を突かれ、えぐられるたびに、内腿が快感に細かくぶるぶると震える。

「んぁっ…、あっ…、あっ…」

力を失った腕が上体を支えきれず、透は床にくずおれた。

頭が真っ白に飛びかけている中、後ろ手に腕を取られ、身体をぐいと引き戻されて、再び結合が深くなる。

痺れるような快楽の中、何度も腹の奥底を突かれて、透は仰《の》け反《ぞ》ったまま、大きくパクパクと口を喘がせた。

濡れた肌と肌がぶつかる卑猥な音が部屋に響く中、蕩けた箇所から男の放ったものと潤滑剤とが混じり合って滴り、激しい動きに白く泡立つ。

「あっ、もうっ…、もうっ…、駄目っ」

舌がもつれ、自分でも何を言っているのかわからないまま、透は全身を突っ張らせ、汗に濡れた背中をガクガクと何度も強く反らせた。

# Ⅳ

翌日の晩、透は衣装部屋で紋付きの羽織を脱いで衣紋掛にかけ、袴の紐《ひも》を解いた。

そのまま脱いだ袴をかたわらに、力なくずるずると床に座り込む。

今日一日、朝から葬儀、そして、焼き場に行って戻ってくるまでの記憶が、ほぼない。

しかし、喪主である左京はたいして透の存在に興味はなかったようで、姿を見かけてもほぼ横顔か背中しか見ていない。

そもそも透自身、ずっと朝から微熱に浮かされたようで、倦怠感と共に不安と焦燥感、そして、自分でもわけのわからない妙な高揚感がある。

倦怠感はわかる。自分でもかつてないほどに乱れ乱れた、昨日の夜の左京との交合によるものだ。

薬による、もっと酷い狂態はあったが、あれは記憶もほとんど飛ぶし、その翌日は倦怠感というよりも立ち上がれないほどの疲労感と身体中を苛む激しい痛み、無力感、さらには首を吊《つ》ってしまいたくなるほどの絶望や自己嫌悪とが常についてまわっていた。

今日の感覚はそれとはまったく異なるものだ。

身体の奥にボウッと熱が点《とも》ったような、過度に左京の存在を意識している自分がいる。身体が不自由になっても、透を常に恐怖によって抑圧、支配していた辰馬の呪縛とは全然違う。

あそこまで乱れた以上、透から左京と目を合わせる勇気はとてもない。

そして、左京は喪主としての慌ただしさもあるだろうが、ほとんど透の方には目もくれなかった。

それでいて昨夜の荒淫によるものか、腰のあたりにろくに力も入らず、何度かよろめいた透は、左京に舌打ちと共に腕をつかまれた瞬間もあった。

そうだ、あの時は確かに左京は側にいた。むしろ、義理であっても今は兄弟なので席も隣だし、すぐ横を歩いていることもあった。

なのに、どこかで左京の態度を他人行儀なように思ってしまうのは自分がどうかしているのだと、透は目を伏せる。左京は顔を合わせた時からずっと透に対しては辛辣だったはずだ。

昨日の晩、一瞬だけ甘くからかうような声を聞いた気がしたが、今日はもっと精神的に遠いような、透に対する無関心さがあった気がする。

それとも、自分が必要以上に左京を意識しているから、そんな左京の態度の中に過剰に何かを読もうとしてしまうのだろうか。

わからないのは、自分の中でもうまく説明のできないどこか浮ついたような感覚だった。ちゃんと地に足がついていないような、現実味のない時間の流れは、葬儀という非日常的な儀式によるものだろうか。

透は溜息をひとつつくと、袴をたたむのをあとにして、ひと息つくために自室へと戻った。

いつも透のために用意されている冷水を入れた小ぶりなポットを手に取ると、今日の葬儀の慌ただしさで替えるのを忘れられていたのか、空のままだった。大原は葬儀の裏方として忙しかったから、通いの家政婦が忘れたのだろう。

やむなく、透はポットを手に台所へと立つ。住み込みとはいえ、もうすでに部屋で休んでいるだろう大原の手を煩わせるほどのことではない。

台所でポットをゆすぎ、氷と飲料用に用いられている井戸水とを入れた。

ついでにコップに水を注いで、喉を潤す。蛇口から汲《く》んですぐでも冷たく、水道水よりもほっとする味で、透の里の水の味とも似ている。そう大原に話すと、毎日ポットで部屋に置いてくれるようになった。

ひと息つくと、透はポットを手に部屋へ戻りかける。途中、庭に面した廊下で軒先にかかった月に目を取られて足を止めると、普段は使っていない部屋に灯《あか》りが点《つ》いているのが見えた。

和室だが、左京のいる客間とは異なる奥座敷だ。部屋そのものは、他に比べてあまり広くない。茶箪笥などが置かれていたように思うが、透自身はほとんど足を踏み入れたことがないので、あまりはっきりとは覚えていない。

大原が何か片付けてくれているのなら、ひと声かけておこうと透はそちらへ足を向けた。

廊下側から部屋の様子を窺うと、ネクタイを取った姿で座椅子に身を預け、手酌で酒を飲む左京と目が合った。

「ぁ…」

小さく声を洩らした透は、とりあえず会釈だけしてその場を離れようとする。

「おい」

低く声をかけてきたのは、左京の方だった。

「どこへ行く?」

「すみません、お邪魔をするつもりはなくて…。灯りが点いていたので、大原さんかと」

そんな透の返事が気に入らなかったのか、左京はふん、とひとつ鼻を鳴らした。

呷《あお》っているのはグラスで、かたわらの一升瓶がすでに三分の一ほど空いているが、あまり顔色の変わっている様子もない。ただ、機嫌そのものはずいぶん悪そうだった。

それを恐ろしいと思う一方で、やはり反りが合わなかったという辰馬の葬儀そのものに対し、色々思うところでもあるのだろうかと、グラスを手にしながらも眉間《みけん》に皺を寄せている男に同情めいた共感を覚えた。

「何か…、つまみになるものをお持ちしましょうか?」

酒の肴《さかな》になるものが何もない様子にそっと尋ねると、男は無言でグラスを空けてさらに一升瓶へと手を伸ばす。

透はポットを廊下に置くと、左京のかたわらに行って、グラスへと酒を注いだ。

「つまみな…」

低い声が苦々しく呟く。

「こんな家で酒を飲んでも、不味《まず》いだけだ」

昨日、左京に酒を勧めた透は、それを責められているのかと目を伏せる。

「お前は？」

低く潰れた声で、注いだばかりのグラスを目の前に置かれる。

「いえ、私はお酒は…」

飲む、飲まない以前に、ほとんど口にしたことがないし、美味いと思ったこともない。

「飲ませてやろうか？」

返事をする前に、笑いと共に男はグラスを呷り、透の顎を上向かせた。

「…っ！」

強い力で顎を押さえられ、口づけられる。こじ開けられた喉に酒が流し込まれると同時に、昏《くら》い目で透を見据える左京が見えた。

どうしてそんな目を…、と思った瞬間、強い酒の匂いで喉を焼かれてむせる。カッと熱くなった喉許を押さえて身を捩っても、大きな手で顎骨が押さえられているため、逃げられない。

無理に開かされた口許に続けざまにアルコールを流し込まれ、酒に慣れない透はその香りと喉を下る熱さにもがいた。飲み込みきれずに溢れた酒が、喉許、そして襟許を濡らす。

顔色にこそ出ていないが、左京はひどく酔っているのかもしれないと、むせて涙目になった透は、濡れた口許を黒い長着の袖《そで》で拭《ぬぐ》いながら思った。

そうでなければ、とにかく機嫌が悪いのか、何に感情を昂ぶらせているのかはわからないが…、と透は本能的に男を恐ろしく思って逃げかける。

「若い女でもあるまいし」

左京は長い腕で透の手首を捉えて引き戻し、喉奥で低くくぐもったような笑いを洩らす。

「…っ！　こんな…」

透は襟許を背後からくつろげられながら、なおも抗った。

はだけた胸許に大きな手を差し込まれると、胸の奥にこれまで感じたことのない痛みが走り、胸の中で何かが音を立ててひしゃげたような惨めさを感じる。

辰馬に姉の代わりに辱められた時も、手ひどく殴られたりした時にも感じたことのない、胸が軋《きし》るような鋭い痛みだった。

「いや…」

それでも、胸許を這う手は昨日と同じで温かい。だが、自分が物のように扱われるのが苦しくて呻くと、強い力で透の身体を腕の中に抱き込んだ男は、独り言のように呟く。

「そうでもないか、後ろから抱いている分には…」

うなじに唇を押しあてられると、嫌悪とは別の甘さに背筋が震えた。

「…ーっ」

透は胸許をまさぐられながら、白い喉を反らせる。

白い襦袢の中に差し込まれた左京の手が、ゆっくりと薄い胸を探る。強い力で背後から抑え込まれているのに、薄い肌を撫でる手には荒々しさはなくて、透は慌てた。

「…はっ…、んっ…」

やわらかな乳暈を、バネのある男の指先が揉むようやんわりとなぞる。辰馬らから受けた乱暴とは異なる、強引さの中にも焦れるようなもどかしさのある愛撫に、透の息が乱れる。

男の指の動きに呼応して、こねられている乳暈が全体的に熱を帯び、異様に鋭敏になるのが自分でもわかる。

「酒の肴はお前でいい」

なおもどこか昏さを帯びたような声が低く呟き、耳朶にゆるく歯を立てられる。

「…っ!」

そのあまりに甘い感覚に反射的に身体が跳ね、左京を低く笑わせた。

「男でも、こういう黒喪服みたいな着物は、妙にそそるものがあるな」

言葉ほどには楽しんでいないような声に、また胸が重くつまり、痛みに軋る。

なのに、唇を押しあてられた耳許、そしてその唇がさらにすべるうなじは、カッと熱くなる。

「…いや」

辰馬にこれまでされてきたような、単なる性欲処理の道具として扱われることが苦しくて、透はなおも足掻いた。裾が乱れて白足袋をつけた脚が跳ね、畳の上を虚《むな》しくすべる。

「何も知らないわけでもないだろうに、何を今さら…」

何かにずいぶん苛立っているような苦々しげな声と共に、逃れかけた透の身体が引き戻される。

「あっ…！」

袷《あわせ》の襟許を大きく後ろからくつろげられ、肩口までが剝き出しにされた。

「なぁ…」

嬲るような声と共に、再度、うなじに唇が押しあてられ、はだけた胸許をまさぐられる。

「…ぅ…」

ねっとりとした唇と指の動きに、透は歯を食いしばる。自分でも左京の指の間で、熱を帯びた乳頭がぷくっと頭をもたげるのがわかった。

それがわかるのだろう、左京が再び低く笑う。

「違…」

左京のもう一方の手が、割れた裾の間へと忍んでくる。

「…っ、やめて…」

差し込まれた手で感じやすい腿の内側を撫で上げられ、前屈《かが》みとなった透の頬に朱が上る。男の手に触れられる箇所が熱くて息が乱れる。

「何が違う？」

下着越し、透の物がすでに形を変えかけていることをわからせるかのように、左京の手が透を握り込む。

「あぁ…」

羞恥に消えてしまいたいと、透は身を捩った。

そのまま、手の内でゆるゆると嬲られると、膝の力が抜けてゆく。つんと尖った乳頭を弄る指も、呻るように緩慢な動きなのに、抱き込まれている透は動けなくなる。

徐々に大胆な動きで透自身を翻弄しはじめた手は、やがて下着の中へと潜り込んだ。

「んっ…」

直接に握り込まれると腰が震え、ピチャリと濡れた音が静かな部屋に響いた。

「聞こえるか？」

低い笑いと共に耳許でささやく声に、透は固く目を閉ざし、首を横に振る。そんな透にあえて音を聞かせるように、左京は指を使う。

クチュクチュと濡れた卑猥な音に、透は何度もつまった息を洩らし、自分を抱え込んだ男の腕に力ない指をかけた。

「こっちは、ずいぶん節操がない」

「ぁ…、違う…」

こらえようと歯を食いしばってみても、巧みな指の動きに息が上がり、腰が勝手にゆらめきだす。

辰馬におもちゃにされている間は、自分では肉欲などほとんどないように思っていたのに、この男が相手だとどうしてこんな身体に火が点《つ》いたようになるのか、わからない。

「別に誰も見てない、俺とお前の二人だけだ」

透の精神的な抵抗を見越しているのか、笑いを含んだ低い声がなおもささやいてくる。

「…っ！」

それで何かひとつ、枷が溶けたようだった。

「左京さ…」

自分でもわけのわからないままに腰を揺らし、長い指に自分を押しつけるようにしながら、透を弄ぶ男の名前を呼ぶ。それで何かが救われるわけでもないというのに。

「…そうだ、さっさと素直になれ」

からかうような声には何か期待できるというわけではないのに、巧みな指使いで興奮に尖った乳頭と透明な雫をこぼし続ける透自身とを責められ、節操のない身体は頂点を求めて捩れた。

「あっ…、あっ…、あっ…」

ひっきりなしに短い声が、唇を突いて出る。

「ああっ…！」

透は男の腕の中に強く抱きすくめられたまま、その胸に背を預け、折ったままの四肢を強く突っ張らせた。

腰が甘く痺れるような快感と共に理性が白く弾け、ドクドクっと男の手の中に熱い華液が迸るのがわかる。

「あぁ…ぁ…ぁ…」

もたらされた快楽の大きさゆえか、いつもより長い射精の間中、細い声がずっと喉に絡まる。

「…ぁ」

心地よい射精によってもたらされた開放感に透は目を閉ざし、何度も大きく喘ぎながら、自分を抱いた男の腕の中にくずおれる。

透の放った華液に濡れた男の手が、そのまま力を失った脚の奥へと動いた。

「あ…」

濡れた指が、ツプリと緊張のゆるんだ箇所に差し込まれる。

「あ…」

透は閉ざしていた目を大きく見開いた。

「そんな…」

さらにヌルリと濡れて中へと沈み込む指に、透は小さく声を上げる。

「昨日の今日だと、スムーズに入るな」

「んぁ…っ」

濡れた節の長い指が入り込んでくるのがはっきりと意識され、透は上気した頬をさらに赤らめた。

「いい具合に喰いついてくる」

「ちが…」

内側を無理のない力でまさぐられると、昨日覚えたばかりの快感がジンと腰を痺れさせ、透は息を呑んだ。

自分でもありえない箇所が、男の指を内へ内へと呑み込むような動きをしているのがわかる。

乱れた黒衣の裾をさらに大きく割られ、半ばまでずらされていた下着を強引に脚から抜き取られる。

煩わしげに透の下着を投げやった男の手が、指を押し入れられたままの透の剝き出しの尻を、ピシヤリと打った。

「あっ！」

鋭い痛みと音とに、透は目を見開く。

「いいから、尻を上げろ」

再度、短い音と共にもう片方の臀部を強く打たれ、透は上半身を剝かれ、さらに着物の裾を大きくめくり上げられた不様な格好のまま、卓上に身体を伏せさせられる。

男の手の形にほんのりとピンク色に染まった白い臀部を突き出すような格好に、透はさらに頰を赤く染めた。

「いい格好だな」

突き出した尻をさらにぐいと両方に押し広げられ、普段はひっそりと口をつぐんだ箇所を男の目の前にまともに晒される。

「ぁ…、いや」

羞恥に大きくヒクつく箇所をまともに見られていると思うと、泣き声にも似た呻きが洩れた。

「こっちはそうでもなさそうじゃないか」

また、揶揄するような声と共に、透の放ったもので濡れた指がゆっくりとねじ込まれてくる。

「あぁ…」

痛みとは異なる快感に、透は濡れた声を洩らした。

「こうなることを期待して来たんだろう？」

「ちが…、んっ」

昨日覚えたばかりのポイントをゆらゆらと指の腹でえぐられると、否定の声が甘ったるく乱れる。

「ここか？」

どこか透を蔑んでいるような左京の声が悲しい。

その一方で、覚えたばかりの快感に勝手に腰がゆらめく。

「あっ…ん、あっん」

どうしてここまで男の指を呑み込んでしまうのかと不思議に思えるほどに深い箇所に、濡れた二本の指をねじ込まれると、多少荒々しく揺さぶられても感じてしまう。

熱を帯びた乳首に冷たい卓面が触れ、さらに透は尻を男の前に突き出し、乱れた。

背後でスラックスの前をくつろげる音がする。

「綺麗な顔で、物欲しそうな顔しやがって…」

「ちが…」

侮蔑の言葉を投げられるのは今日が初めてではないのに、また胸の奥がキシキシと軋んだ。

その一方で、熱く膨れ上がった先端を物欲しげにヒクつく箇所に押しあてられると、伏したままの透は期待に息が弾むのを意識した。

「んぁ…っ」

ヌルつく先端を挿入される時にはやはり凄《すさ》まじい圧迫感があったが、その先端が沈み込むと今度は穿たれた腰がジンと重く痺れたように感じる。

「ぁ…、あ…」

体奥深くに男根を呑み込まされた透は、腰を捉えられたまま、白い背をのけぞらせた。うっすらと汗ばんだ背筋が、ブルブルと何度も快感に震える。

「ぁ…、ぁ…」

細腰を引きつかまれ、ゆっくりと背後から腰を使われると、透の華奢な身体は男の動きにつられてあえなく揺れる。

だが、いっぱいいっぱいに広げられ、押し入られることが気持ちいい。背後から揺さぶられることに、たまらなく感じてしまう。

今だけはこうして左京とつながっていられると思うと、なおのこと身体が甘く蕩《とろ》けた。

「あ…、ゆっくり…」

して…、と言う自分の声が甘ったるく喉に絡むのを、透はボウッと快感にかすみかけた頭の中で聞く。

「んっ、んっ…」

動物のように背後から犯されているのにかかわらず、強引な男の動きにも、穿たれることを覚えた貪婪《どんらん》な身体が呼応してゆく。

望みどおり、焦らすように緩慢に腰を使われると、自身の体液に濡れた粘膜は嬉しげに男にまとわりつき、締め上げる。

「ぁ…、奥…」

緩慢に入り口近くを浅く突かれると、もっと深いところへと、勝手に腰が跳ね上がり、自ら浅ましい姿勢をとってしまう。

「ぁ…、もっと…」

奥へ、奥へ…、と迎え入れるような淫らな腰遣いに、左京は透の腰を強く跡がつくほどに引き摑み、突き上げた。

「あっ…ん！」

そのあまりの快美感と充溢感に、鼻にかかった嬌声が喉奥からこぼれる。

肉のぶつかる卑猥な音、粘膜同士が絡まり合う濡れた音が、さして広くない和室に響くのに、透はさらに乱れた。

白足袋の中で、足の指が攣れるように捩れる。

「あっ、あっ、あっ…！」

卓の上に伏した透は、男に背後から何度も突き上げられ、短く濡れた声を洩らしはじめた。

# 二章

## I

里に戻って三日目の朝、左京は母屋の客間のひとつで朝食を取っていた。

運転手の田端と同じく、左京が子供の頃から務めていた家政婦の大原の作った、心づくしの和食である。

他に何人かの通いの家政婦もいるようで、昨日は少し味付けが濃いめのものが出てきた。食事の味が濃いと伝えると、今朝の朝食は普通りに大原が作ってくれたらしい。

「じゃあ、息子さんは今は東京に？」

「ええ、大学卒業後はこちらに帰ってくるようなことを最初は言っておりましたが、この辺りに帰ってきても若い人間には就職口もありません。せっかく奨学金を受けて、旦那様の援助をいただいて東京の大学にまで行っておきながら、こっちに戻ってきて仕事を探して何年もブラブラさせるのも何ですから、そのまま向こうで仕事を探しなさいと言いましたら、食品メーカーの研究室に決まったとかで…、もう五年ほど前になりますかねぇ。ホッといたしましたよ」

大原は左京のためにお茶を入れながら、微笑《ほほえ》む。その口許や目許には、昔はなかった皺がくっきりと刻まれており、左京は月日の流れを感じた。

左京が小学生の頃、夫に先立たれ、幼い子供を抱えて困っていた大原を、母親のまど佳が家政婦として住み込みで雇うようにと辰馬に口添えした。

今もあまり就職口などない田舎だが、当時は託児施設もなく、子持ちの女が就職できるような先もなかったために、大原はほとほと困り果てていたらしい。そのせいか、大原はまど佳にも左京にもずいぶん恩義を感じてくれているようだ。

「じゃあ、大原さんもそのうちに東京に出てくるのか？」

「さぁ、どういたしましょうかと…。旦那様も亡くなられたことですし。でも、息子もおつきあいしている方がいるようですから、私のような者が今さら東京に出て行ってもねぇ」

大原は口ほどに困った様子もないようで、目を細めて笑っている。すでに何らかの形で結論は出ているのかもしれない。

「…透は食堂で？」

左京は卵焼きに箸《はし》をつけながら、何気ない顔を装って尋ねる。

昨日、面白くもない実家での滞在から、手持ち無沙汰《ぶさた》に酒を呷っていた。

しかし、蘇るのは不幸だった母を伴う様々な過去の記憶や、ただただ左京にとっては忌まわしい存在だった父との確執などで、酒も美味くないと思っていたところにやって来たのが透だった。

拭いようのない苛立ちが底にあったし、左京の顔色を窺うようなおどおどとした態度によけいに気が荒ぶった。

荒《すさ》んだ気持ちから、手慰みに半ば強引に嬲ったが、底にはやはり自分の母を含めた不幸な存在を次次と生み出した、辰馬の存在やこの家そのものに抱き続ける不快感があって、気が立っていたのだろう。

抱けるものなら何でもよかったが、黒の喪服に包まれた透の白くほっそりとした身体には、妙に煽られたことも確かだった。

男なのに、あの色香や肌の白さ、なめらかさは何なのだろう。顔形の美しさばかりでなく、透が身にまとう湿度は下手な女もかすむほどだった。高すぎず、低すぎもしない、おとなしげでやさしい声が乱れて甘く上擦ってゆくのも、半端なく色めいている。

あの好き者の父親に男の愛人などありえないと思っていたが、透に限ってはこんな男もいるのだとしか言えない。ある意味、辰馬が執拗に嬲り続けたというのもわかる気がした。

愛人にありがちな、あざとさや計算高さ、スレた雰囲気もない。

「いえ、昨日も今朝もあまり食欲がないとかで、お部屋にお粥《かゆ》をお持ちしました」

答えて、大原は湯呑みを左京の前に置きながら、少し考えるような顔を見せると、あらためて口を開いた。

「あまりお身体が丈夫ではないようで、時々、朝方は伏せっておいでです」

大原はぼかして言ってはいるが、辰馬の相手をさせられた翌日のことを言うのだろう。

ならば、昨日、一昨日《おととい》の左京と透の関係も薄々察しただろうかと、左京は生返事をする。

両日とも、手加減なしに貪った。最後、透は意識を朦朧とさせて突っ伏していたので、確かに朝は辛かったかもしれない。

「透様はちょうど息子と同い年になります。半年ほど、息子の方が先でございますが、同じ学年になるので…、昔は衿香様も透様も子供離れした整ったお顔立ちで、あれが名高い瓜生の顔だとは聞きましたが、参観日には本当によく似た綺麗な双子ちゃんだと思って見ておりました…」

学年といっても、この辺りの子供の通うのはごくごく小さな分校だった。全校生徒を合わせて、三十人になるかならないかというような学校だ。今はもっと減っているかもしれない。子供の数が少ないゆえに、大原も我が子に連なるような感覚で息子の同級生らを見ていたことだろう。

そんな自分の息子と同い年の衿香や透を、辰馬が後添えとして家に入れたことには、やはり口にせずとも大原にも複雑な思いがあるのではないだろうか。

「衿香という娘には、可哀想《かわいそう》なことをした。逃げるのも当たり前だ。俺の母親もずいぶん苦労させられていたが、本当にあの再婚には我が父親ながらほとほと嫌になった」

奥様の件では…、と言ったあと、大原は溜息をひとつついた。

「衿香様もお気の毒ですが、透様は輪をかけて気の毒な扱いで…」

「…気の毒？」

確かに最初のセックスそのものへの怯えようや、辰馬が用いていた脱法ドラッグなどを考えると、最初考えていた単なる男妾という存在とは異なっているようだが…。

「ええ、衿香様のことがあったせいか、ほとんど外に出ることもままならず、テレビやラジオといったものからも遠ざけられておいでで…」

「…テレビまで？」

左京は眉を寄せた。

脱法ドラッグ、薬物違反という言葉すら思いあたらなかったらしき一昨日の透の反応を思うと、世間一般の常識には疎そうだとは思った。同時にそれが、浅慮で世間知らずな男という印象も生んだ。

しかし、周囲の情報そのものを遮断されていたならば、何も知らないのもわかる気がする。

テレビが駄目なら、むろん、携帯の電波もまともに入らないような場所だ。インターネットなど、論外だろう。ネット環境があるとも思えない。

「ええ、衿香様へのお怒りをすべて、よく似た透様にぶつけられていたというのか…、確かに衿香様の件でお顔を潰されたというお腹立ちもあるでしょうが、さすがに少々、旦那様の透様への扱いは単なる腹いせを通り越して、常軌を逸してらっしゃったというのか…」

大原は一度言いよどんだあと、声を低めた。

「正直なところ、私は透様が自殺でもされるのではないかと思ったことも何度かございます」

最初に会った時、衿香とよく似た顔だとは思ったが、辛そうだった衿香とはまた異なり、透はまるでぼうっと生気のない人形のようにも見えた。

それがまた、覇気のない男だと左京の苛立ちを誘ったわけだが、逆に今は透の受けてきた仕打ちを考えると、外出もろくにできないまま、こんな屋敷に閉じこめられて、これまでいったい何かひとつでも楽しいことはあったのだろうかと思う。

「透様はとても綺麗な手描き染めの技術を持っておいでですが、筆や絵の具もここに来てからは取り上げられておいででした。描き続けていないと腕が鈍るとかで、頼まれて色鉛筆とノートとを何度かこっそり買ってお渡ししたこともございます」

「染め師なのか？　二十一でここに来たと聞いたが」

左京は、全くの無職で父親の尻妾だとばかり思っていた男が、一人前の職人であったということに驚く。

「子供の頃から、直接にお祖父様やお父様に手を取って教えられていたそうですから、絵はとてもお上手でしたよ。染め師というのか…、瓜生院家の瓜生染は、図案起こしから糊置《のりお》き、彩色、染めなどもすべて一人で行うとお聞きしました」

小さな里ですからねぇ、と大原は目を細める。

「衿香様は刺繍の方を教わっておいでだったようですが、早々にこの家にお越しになったので、仕事というほどの仕事はされてないと思います。透様は十五、六の頃からお仕事はされていたとか。私も綺麗な夏帯を一本いただいております」

今さらながらに、左京はぞっと身震いする。若いながらも専門で仕事をしていた職人から筆を取り上げ、ただの性欲処理に使っていたという父親のやり方に、心底寒気を感じた。

同時に、ろくに働きもせずに男妾としてのうのうと生きていると罵った左京の言葉に、じっとうなだれていた透の様子が胸を締め付ける。

知らなかったとはいえ、ずいぶんひどい言葉を投げつけてしまった。

透は働かないのではなく、辰馬によって本来の職を取り上げられ、囲い者にされていた、衿香と同等の被害者だった。

「テレビもなく、仕事もなく、この家で透《あいつ》は、何か楽しいことでもあったのか？」

思わず呟くと、大原はしばらく考えたあと、答えた。

「お蚕《かいこ》さんの世話をしておいでですが…」

「蚕？　あの絹の取れる？」

白い幼虫だとは知っているが、あれはペットとは言いがたいだろうと左京は眉を寄せる。虫類は懐くわけでもなし、飼って可愛いものだとも思えない。

「ええ、子供の頃からずっと親しまれているとかで、話さないけれども、側にいると静かでほっとされるとか…」

私も世話をお手伝いしているので、と昔、祖母の養蚕を横で見ていたという大原は苦笑する。

「私の祖母も、お蚕さんは可愛くてありがたいと言っておりましたよ。触ると絹のように白くてすべすべしておりますし、羽化した姿も白くふわふわしていてやさしいです。もっとも、本当は犬や猫の方が慰めにはなるのでしょうけど、動物は旦那様がお許しにならなかったので…」

そういえば左京の母も、辰馬が犬を飼うのを許さないとかで、昔、部屋で文鳥を飼っていたことを思い出す。母にも、この家ではそれぐらいしか楽しみがなかったのだろう。

「何であれ、透様にはああいった慈しめる存在が大事なのだと思います」

確かに大原の言うように、せめてそれぐらいを自分の支えにしていかねば、透自身が壊れてしまう。いや…、と左京は今になってゾッとする。辰馬にあんな得体の知れないドラッグもどきを強要されていた透は、すでにいくらか壊れかけてはいないだろうか。

「瓜生の顔っていうのは、何だ？」

「あの細面で鼻筋の通った、少し古風で上品なよく整ったお顔立ちのことを瓜生の顔と言うんだって、私は昔に聞きましたけれども。瓜生院家には、代々あの顔立ちが多いとか。目は黒目がちで大きいけれど、すっと端が切れ長で…、まさに今の透様のお顔ですね。昔はあの瓜生の者を妻や妾にするために、山狩りまでした権力者もいたと聞きますが」

それは確かに左京も聞いたことがある。平家の落人の里だというのも、逆に当人らは身を隠すためにけしてそう名乗らないのだとも言われていた。

「親父が半身不随になってからは、身のまわりの世話をしていたと聞いたが…」

「それが…」

大原はこればかりは許せないといった様子で顔をしかめる。

「大きな声では申せませんが、旦那様は徳次《とくじ》さんに透様を嬲るようにお申しつけで、また徳次さんも調子に乗って透さんに無体を仕掛けるものですから、日によっては二日も三日も透様が起きあがれないこともございまして…、透様もよく鬱《ふさ》ぎこんでおいででした」

「牛岡《うしおか》が?」

左京ははっきりした形の眉をひそめる。

牛岡徳次の正確な歳は知らないが、多分、四十前後になる男だった。

非常に大柄な男で、身長は左京とたいして変わらないが、肩まわりや身体の前後の厚みなどが通常の成人男性の倍以上ある。格闘技選手などにいそうな、巨躯《きょく》の持ち主だった。

家に来たのは左京が家を出た後なので詳しくは知らないが、まだ独身で、家まわりの力仕事などを引き受けているようだった。

体格的には、あんな男を相手にするなど、想像するだにおぞましい。透が二、三日は起き上がれないというのも無理はない。左京だって、絶対にごめんだ。

透がセックスに怯え、薬がないととても相手をできないと言ったのも当たり前だし、鬱ぎこんでいたのは精神的なダメージに加えて、薬の副作用もあったのではないだろうか。

「何だ、それは？　正気か？　人間に対する扱いじゃないぞ。外道な…」

顔を歪めた左京に、大原も深い溜息をつく。

自分の父親の所業ながら、憤りのあまりむかついてきて、しばらく左京は無言で箸を使った。

結局は自分も、透に似たような仕打ちをしたのかと思うと、よけいに気分が悪くなる。過去の自分の母親の境遇を思うと、辰馬は心底許せない存在だった。

そして、結局は自分もそんな辰馬と変わらない真似をしていたのかと思うと、ひと言では言えないような胸糞の悪さを覚える。

結局、かなり長い間黙り込んだあと、左京は口を開く。

「あの人でなしの親父の目にあまる振る舞いはとにかく、瓜生院の家もそこまでされて黙って息子を差し出すのはどうなんだ？　いざとなれば、息子を逃がすなり、里の者を挙げて働くなりすれば、そんな親父の援助などに頼らずにすんだだろうが」

「左京様も瓜生の里をご覧になれば、おわかりになると思います」

左京の言葉に、大原はぽつりと洩らす。

「稀少《きしょう》な瓜生染などといって高く取引されておりますが、里から反物で出す時には、今は着物は売れないものと、仲買にずいぶんな安値で買いたたかれているようにございます」

「まぁ、そうだろうな」

左京は大原の入れたお茶に口をつけながら答える。

染め物の相場がいくらかは知らないが、仲買の仕入れは市場価格の半値もつかないだろう。

「あの土地を売って越そうにも、とても値の付くような土地ではありませんし、働き盛りの男は何人か出稼ぎに出ているはずですが、もう現状、働ける世代は何人おりますことか。あそこは昔、近親婚の多かった土地柄なせいか、出生率も異様に低いと昔のお産婆さんに聞いたこともございます。その少ない働き手だけで、あの里を支えきるのはもう無理かと」

「詳しいな」

左京の言葉に、何かこみ上げてくるものでもあったのか、気質の善良な大原はエプロンの端で目元を拭った。

「子供の頃から知った、息子と同い年の娘さん、息子さんです。特に透様など、東京に行った息子に代わって、息子同様にも思っておりました。口数は多くはありませんが、真面目《まじめ》でおやさしい方です。旦那様には内緒で、お里へのお手紙を届けたこともございます。逃げるに逃げられず、本当に気の毒なお立場でございました」

「確かに息子さんと同い年なら、不憫《ふびん》にも思うな」

子供の頃から知った大原が泣くのに、左京は溜息をつく。

仕事に関してはやり手でしたたかと言われているが、基本、左京は辰馬のような人でなしというわけではなかった。

透や大原の言うことを丸々鵜呑《うの》みにするわけではないが、話だけに聞く瓜生の里の現状を直接見に行き、場合によっては資金援助に応じてもいいと思っている。

一昨日までは取り合う気もなかったが、透にも言われたように、実際に見てみるべきだとは思った。

「弁護士は十時に来るって言っていたか？　透はそれには出てこれるのか？」

昨日、ぐったりとしていた透の様子を思い、左京は尋ねる。

「はい、体調が悪いとかいうわけではないそうなので、大丈夫じゃないかと思いますが」

大原の返事に、左京はどこか後ろめたいような思いで、ふうんと頷いた。

応接室で、長年、青桐家に出入りしている真面目な年配の山中《やまなか》弁護士が、左京と透の前に遺言状を広げてみせる。

「左京さんと透さん、左京さんは亡くなられた辰馬さんの実子で、透さんは養子ということですが、遺言状には今読み上げたとおりとなっております」

黒に近い色味の着物を着た透は、透にとってはほとんど利のないはずの遺言状の中身を、ただ目を伏せて聞いている。

そんな透の白い横顔を、明治の頃から置かれているという別珍張りの肘掛《ひじか》け椅子に脚を組んで座った左京は、黙って眺めた。

線は細く整っているが、表情は薄く、何を考えているのか今ひとつ読めない顔だった。

養子縁組もしており、当然、透は遺産を狙《ねら》ってくるものと思っていたが、辰馬の遺言は遺産の九割以上を左京に残したものだった。

晩年、半身不随となった自分の身のまわりの世話をしていたという透には、ほんのわずかな骨董《こっとう》や絵といった動産と、二百万ばかりの預金のみを遺《のこ》している。株券、不動産といったものはまったく含まれていない。

二百万とは…、とさすがに左京も辰馬の吝嗇《りんしょく》ぶりに呆れる。それでは透の本来の年収にも満たないだろう。

大原に聞いた話を真に受けるなら、まっとうな職を奪い、軟禁同様に家に閉じこめ、五年間も身のまわりの世話と性的関係を強要した贖罪《しょくざい》としては少なすぎる。

せいぜいが退職金におためごかしの慰謝料を乗せた程度の額だ。それも、辰馬の振る舞いを考えると、慰謝料というにはおこがましい。おこがましいというより、薬物を用いていた時点ですでに犯罪だった。監禁、薬物の強要、性的暴行…、そういったあたりだろうか。

むろん、養子縁組という形がとられており、辰馬がもうこの世にいない以上、透の立場で慰謝料の請求や告訴をすることは難しいだろうが、辰馬が透に遺した額はそれを見越してのことのようにも思える。

考えただけで、反吐《へど》が出る。

昔から、辰馬とはそういう男だった。そして、左京の母親も、そういう辰馬のやり口の犠牲になったようなものだ。そんな父親の振る舞いをよく知るだけに、虫酸《むしず》が走る。ずっと、その存在を憎んでもいた。

できるなら、母を自分の手でこの家から救いだしてやりたかった。

いずれ、俺が母さんをここから出してやる、と何度かまど佳に言ったこともある。

母亡き今は、それもかなわないが…。

「…私は、養子縁組を解いて、瓜生院の家に戻ることはできるんでしょうか？」

しばらく目を伏せていた透は、遺言の中身云々については問わず、養子縁組を解消できるか尋ねる。

「もちろん、辰馬さんが亡くなっているので、家裁に申し立てて養子縁組を解くことはできます。もとの姓に戻ることも可能です」

「では、左京さんのお許しさえあれば、四十九日が終わった時点で、そのようにお願いできないでしょうか」

昨日、左京の腕の中でその肌を桜色に上気させた男は、長い睫毛《まつげ》を伏せがちに言う。

左京は見かねて口を開いた。

「おい、一応、養子とはいえ、お前には遺産相続の権利がある。むしろ、実子、養子にかかわらず、子供には遺産相続権があるんだ。それに、何が何でも遺言状が絶対だというわけじゃない。取り分が不当に少なすぎる時には、遺留分を請求することができる。あと、寄与分《きよぶん》でしたっけ？　先生」

左京は弁護士の山中を振り返る。

「ええ、寄与分といって、透さんには辰馬さんが亡くなる前にお世話や介護をしたことに対する取り分を請求する権利もあります」

少なからず青桐の家の事情を知る山中は、やはり透の取り分が少なすぎると思っているのか、透に向かって遺産の寄与分についてさらに丁寧に説明する。

「いえ…、もう十分にいただいています。もとはといえば、私がいただく筋合いのものでもありません」

「いや、親父とお前の間に養子関係がある以上、お前にはもっと寄越せという権利もあるんだ。筋合い云々の問題じゃない」

重ねての左京の言葉にも、透は首を横に振るばかりだった。

昨日の夜は、少しは可愛げがあると思ったのに、今日はずいぶん頑なな態度を見せる。

「とりあえず、今日明日で結論づけなければならない問題でもないですし、お二人とももう少しお考えになってからの話でもいいのではないでしょうか？　わからないことがありましたら、別々でもけっこうですので、お気軽にご相談下さい」

実直な弁護士はそれだけ言うと、今日のところはこれで…、と席を立った。

「おい、ちょっと待て」

山中が帰ったあと、左京は今日も黒衣を身につけた透の腕を、着物の袖の上から強くつかむ。

「放してください。お願いします」

さっきまでの頑なな表情から一変して、透は耳まで真っ赤に染め、左京の腕に手を添えて離れようと抗った。

必死でうつむけたその顔は見えないが、昨日の透との関係のせいか、そんな仕種《しぐさ》すら妙に色めいて見える。左京に比べればはるかに非力なくせに、頑なに手出しされることを拒もうとする仕種が、逆に自分の中の何かを煽る。

「養子縁組を解いて、瓜生院家に帰るっていうのは本当か？」

左京は透の腕をつかんだ手に力を込めながら、低く尋ねた。

「昨日もそのように申し上げたはずです。旦那様がおいでにならない以上、私がここにいる意味はありません」

姉に代わって仕えなければならなかった辰馬がいない以上、家に戻りたいという透の言い分は至極もっともなものとはいえ、左京はその時、言いようもなく苛立った。

「義理とはいえ、今は左京さんとは兄弟。…昨日、一昨日のことは、…私が、…私があまりにも浅はかでした」

あれだけ悦び、快感に啼《な》いたくせに、今さらそれをなかったことにしようというのかと、左京は理不尽な苛立ちに、獰猛《どうもう》な形に目を細める。

女だったら、一度肌を合わせて前後不覚なまでに快感に溺れてしまえば、もっと甘えた態度や従順さを見せるものだが、逆に透は左京に対して一線を引いてしまったようにも思える。

「飛行機の時間だ。初七日には戻る」

左京はつかんでいた透の腕を放すと、腕の時計に目を落として踵《きびす》を返した。

「左京さん」

思い詰めたような声で呼び止められ、左京は振り返る。

「…一昨日の」

言いにくそうに口を開いた透が、続いて何を言うのかと、左京は黙って待った。

「一昨日の約束…、あと一年は瓜生の里にご援助いただけるという約束は、お守りいただけますか？」

左京と関係したのは、瓜生の里のため、ただそれだけだと言わんばかりの言い種だ。

確かに最初にそう蔑んだのは左京だったし、それに応じる透の気持ちなど、あの時には考えてもいなかったが…。

「守る」

左京は言い捨てた。

「俺は守れない約束はしない主義だ。一度約束したことは、自分から勝手に反故《ほご》にはしない」

透は目を閉じると、頷いた。

「ありがとうございます」

その悲愴ながらも、透明感のある表情に一瞬目を取られ、左京はそんな自分に舌打ちしたいような気持ちで応接室をあとにした。

# 三章

## I

「なんだ、これは…。酷いな」

左京は弁護士の山中から、自宅のマンションに送られてきた登記関連のFAXを見て呟いた。

瓜生の里が値段のつくような場所ではないため、売るに売れないという話を大原から聞いていたが、実際にどれほどのものなのかと思って青桐家の資産管理も請け負っている山中に電話で聞いてみると、瓜生の里自体がぐるりと青桐の土地で取り囲まれているという。

しかも、瓜生の里から県道まで抜ける道は公道ではなく、青桐家の土地を通っている私道であるために、本来は瓜生の里側が通行料を払う、あるいは相応の値で土地を買いとるなどしなければならないという話だった。

もともとは百年ほど前に青桐家がこの一帯全部を買った時、瓜生の里が青桐家に土地を売ることを頑《がん》として拒んだ為《ため》らしいが、今となってはそれが逆に仇《あだ》となっている。

他人の土地に囲まれた私有地の場合、囲繞地《いにょうち》通行権といって公道まで人が通る程度の私道を引くことは認められているが、それが車が通行できるほどの幅の私道となると、逆に通行権は認められず、それなりの通行料を土地の持ち主に払う必要が出てくる。

しかも囲繞地には資産価値が認められないため、山中、街中を問わず、売りたくとも土地に値段などつかないという。

瓜生の里には土地を買うほどの資産はないため、ごく微々たる通行料を辰馬に納めていたらしい。

里の困窮を知っているのなら、いっそ、里全体をそれなりの値で買いとり、里の移転を許してやれば、瓜生院家も衿香や透のような存在を差し出さずにすむものを、それをしないのが不動産会社を経営していた頃、同業者からも眉をひそめられるようなあくどいやり口で知られていた辰馬だった。

しかも辰馬の援助というものは、生かさず、殺さずといったレベルのもので、里の熱心な援助者、あるいは復興者といったものではない。

むしろ、長期的には瓜生の里が独立できないように持っていっているような節がある。

瓜生染を買いとる仲買も、辰馬の息のかかった業者らしい。詳しく調べなければわからないが、業者が安値で買いたたいていたのは、辰馬の差し金もあるのではないだろうか。

「親父の奴、完全に足許を見てやがったな」

左京の母親も、実家の困窮を見て、半ば強奪するように妻として迎えたと聞いたが、その後もやり口は変わっていないのだと知って、ぞっとする。

瓜生の里はずばぬけた美人が多いことで昔から知られているから、辰馬もそれなりに狙っていたのかもしれない。

左京の母親のまど佳も線の細い上品な美貌の持ち主で、若い頃などはその育ちのよさもあいまって、下手な女優の比ではないほどに美しかった。いつもどこか悲しげで、左京自身、子供心にそんな母親が大好きだった。

まだ学生時代に辰馬に目をつけられ、結婚の際にはかなり周到に根回しがあったとはこれまでに親《しん》戚《せき》などから聞いている。それもあって、よけいに左京は辰馬を嫌悪しているのかもしれない。

辰馬の若い女好き、しかも良家の令嬢への強いこだわりは昔から知っているので、おそらく衿香にもまど佳同様、最初から目をつけ、同様の手口で逃げられないようにしたのだと考えた方が納得もいく。

運転手の田端に、透の実家から、染めに使っていた筆や絵の具などの仕事道具を運んで渡しておくように言っておいたので、もう透のもとに道具一式は行っているだろう。それで少しは気晴らしになればいいが…、と考えた左京は、自分がずいぶん透には同情的なことに気づいた。

大原から聞かされた話のせいだろうか。透もよくあんな扱いを受け続けて、これまで壊れなかったものだ。

それとも大原の言うように、時折、塞ぎ込んで何日も起きあがってこない日があったという話なら、すでにかなり精神的にもまいっているのだろうか。

そう思うと、最初は頼りなくおどおどしているように聞こえた透の声も、無理もないものだとわかる。声質そのものがずいぶん控えめでやさしいため、よけいにそう聞こえたのだろう。

それにしても、ここまで何とか透を支え続けてきたのは、貧窮する里の存在と、見かけ以上の芯《しん》の強さなのか。

だが同時に、いつも目を伏せがちにした透には、逃れようのない運命への諦念のようなものも同時に感じるのは確かだった。

左京自身は人の好悪ははっきりしているし、仕事柄、無能な人間、やる気のない人間に対しては容赦のない一面を持つが、辰馬のように他人の心を踏みにじって平気なわけではない。会社をまとめている以上、それなりに求心力もあるつもりだし、部下も大事にする。

むしろ、自分が子供時代から嫌悪し続けた父親を反面教師にしていたところもある。

だが…、と左京は思った。

自分は結局は透を同じ目にあわせたに等しいのではないだろうか、少なくとも、同じような扱いだと透は考えたのではないだろうか。

左京はこの間、腕の中で乱れに乱れた若い男を思い出す。

辰馬を含め、二人も男を知っていると聞き、その綺麗な顔に似合わない好き者だと思ったが、透は呆れるぐらいの床下手だった。

その二人というのが、結局は辰馬と牛岡による無理矢理の凌辱を意味していたのだと知った時には、何とも言えない憐憫《れんびん》と心苦しさを覚えた。

今も、あの時、自分が透に向けた言葉には胸が痛む。

最初、泣きそうな顔で薬を使ってくれと頭を下げた透のことを思うと、途中から左京の方も本気で未熟な身体に快感を教えてやりたいと思ったのも確かだ。

いくら見た目に綺麗でも、男の裸などまともに目にすれば萎えるのではないかと思ったが、色素と肉付きの薄い、腕の中でやわらかくたわむ身体は、むしろ視覚的にはかなり煽られた。

二日目の晩は、左京自身も父親の所業を集まった親族にあれこれ言われ、まるで辰馬の振る舞いが左京の責任だと言わんばかりになじる者もおり、苛立っていた。

母親にも辛い思いをさせたまま、早く失ったことなども含めて、実家にはろくな思い出もなく、とにかく虫の居所の悪い、不味い酒を飲んでいるところにやって来たのが透だった。

ここに来てまた、左京はずいぶんな自己嫌悪を覚える。

辰馬にまつわる記憶は左京にとっての鬼門で、多分、あの時には誰がやって来ても荒々しい態度を取っていた気がする。左京にとっては、数少ないナーバスな部分でもある。

だが、あの時、よけいに透にはそんな態度を取るべきではなかった。

これが衿香相手であっても、自分はこんな態度に出たのだろうかとまで考えて、逆にそれは絶対になかったと思い直す。

いくら衿香が透と同等の、あるいはそれ以上の色香を備えていたとしても、義理の母親として一線を引いていた。十歳下であっても、義母は義母だ。自分がその線を踏み越えることは、絶対に考えられない。

多分、どこかで透に対する侮りに近い気持ちがあった。

そして同時に、何か歪んだ興味や関心、下心があったのか。

辰馬が五年にもわたって執拗に透を嬲ったというのも、見た目にも衿香に劣らず、男をそそるものを持っているからだろう。どうしようもない外道な男だが、ある意味、辰馬の審美眼と年老いても衰えなかった欲望には感心する。

透自身、辰馬や牛岡に強いられた力ずくの交合には心底怯えていたようだが、まったくの不感症というわけではなかった。最後は慎《つつ》ましやかな花が艶《あで》やかに開くように乱れ、快感に啼いていた。

女にはそれなりに不自由のない身でありながら、どうして今さら、あんな惨めな境遇にあった男が気に掛かるのかと思いながら、左京は送られてきたＦＡＸ用紙を机の上に置いた。

時間も忘れて一心に図案を描いていた透は、廊下の古く大きな振り子時計が九時を打つのに、ようやく鉛筆を置いた。

## Ⅱ

昼間、運転手の田端が、左京に頼まれたのだと実家から仕事用具の一式を持ってきてくれ、それからは夢中で図案を描き続けていた。

辰馬に筆を奪われ、染め師としての仕事を奪われて以来、何年ぶりになるだろう。

大原に何度か色鉛筆やスケッチブックを運んでもらい、辰馬の目を盗んでこっそりと図案を描いてみたりしたが、よもや左京の手配によって仕事道具一式を取り戻せるとは思ってもいなかった。

道具を目の前にしたときは、嬉しさのあまり本当に涙がこぼれた。

喜びと嬉しさで泣いたことなど、初めての経験だった。

透は丸くなった鉛筆の先をかつて愛用していた小刀で削りながら、本当は左京は見かけや態度より、はるかにやさしい人なのではないかと考えていた。

どうしてもひと言礼を言いたくて、大原に東京のマンションの連絡先を聞き、電話をかけてみたが、つながらなかった。とりあえず留守電に短い礼の言葉だけを残しておいたが、感謝の気持ちはちゃんと伝わっているだろうか。

この間、抱かれた時も、最初はあからさまに透を見下していた様子だったが、けして力ずくの無茶な動きは仕掛けなかったし、最後は信じられないような快感を教え、与えてくれた。

辰馬や牛岡のように、単なる鬱憤《うっぷん》晴らしや性欲処理の捌《は》け口にされる奴隷《どれい》のような辛さや惨めさは、これっぽっちもなかった。

翌朝、自分が左京に晒した恥態があまりに恥ずかしくて、しばらく布団の中に引き籠《こ》もってしまったが、身体の怠さや疲れこそあれ、辰馬や牛岡の相手をさせられた時のような精神的な酷い落ち込みや、起きあがることもできないような痛みはなかった。

一年と限定つきだったが、里への援助も約束してくれた…。

はっと気がつくと、鉛筆を削る手のすっかり止まっていた透は、自分でも意識しないままに、うっすらと頬を染めて、再び鉛筆を削る作業をはじめる。

そこへ、廊下が重く軋むような音が聞こえてきて、透は手を止めた。

大原の足音ではない。もっと重くずっしりとした鈍い音だ。

透は時計をちらりと目の端で見た。

夜の九時をまわっている。大原も、もう呼ばなければ透の部屋にまで来る時間ではない。

嫌な予感がする。

こんな時間、足音を忍ばせて部屋までやってくる相手は、一人しか思い浮かばない。

透は鉛筆と小刀を静かに机の上に置き、隣の寝室へとするりと身を忍ばせた。相手が誰であれ、襖ばかりの透の居室では、侵入者を防ぎようがない。

暗い寝室に身をひそめ、透が薄く開いた襖の隙間からそっと明るい自室を覗くと、やがて外側から襖が開けられる。

のっそりと無遠慮に透の部屋へと顔を覗かせたのは、一人の大柄な男だった。

——徳次さん!

想像していたとはいえ、使用人のあまりの無体に、透は悲鳴を上げそうになった口を思わず覆う。左京をも上まわる、前後左右に大きな巨軀の持ち主は、辰馬が半身不随となった二年前より、辰馬の命令で透を犯し続けた牛岡徳次だった。

透がこの屋敷に来た時には、もうここで働いていた男で、もっぱら屋敷内の力仕事を請け負っていた。

やや鈍重で粗野な印象のある男で、あまり屋敷内の女達には評判がよくなかった。透が来る前に若いハウスキーパーの一人に屋敷の裏で乱暴を仕掛け、そのハウスキーパーは辞めてしまったという話を、一度、はっきりと牛岡と名指しにしたわけではないが、庭師に聞いたこともある。

普段は口数も少なく、表情もあまり鮮明ではないために何を考えているのかわかりにくいが、相手をさせられる前から、透もこの男があまり好きではなかった。遠くから黙ってじっと透を見つめてくる目は無遠慮で、いやらしいものに思えた。

屋敷を逃げ出す前の衿香も、屋敷の使用人の中にいる大柄な男が好きではないと言っていたことがある。じっと見つめてくる目が、どこか異様に思えて気持ちが悪いのだと言っていた。

最後、衿香もずいぶんやつれていたから、もしかして透には打ち明けられないような、何か無体な真似を仕掛けられていたのかもしれない。

透は暗い寝室で、思わず後じさる。

牛岡は勝手に透の部屋に足を踏み入れると、部屋の中を見まわした。

主《あるじ》になる透の部屋に断りもなく無遠慮に踏み込んできた男が、何をしに来たかは一目瞭然《りょうぜん》だった。

透は身を翻し、辰馬の寝室との境にある透の部屋の唯一のドアを開け、中へと飛び込む。

透が辰馬の部屋に逃げ込んだのと、牛岡が透の寝室の襖を開けたのは、ほぼ同時だった。

ドアを閉め際、寝室の襖の開けられたことを知った透は、震える手で内鍵《うちかぎ》をかける。

すぐに透の寝室を横切ってきた牛岡は、透が逃げ込んだドアノブを外側からガチャガチャとまわす。

「…っ！」

透は暗い部屋ですくみ上がった。

力仕事を請け負う牛岡の力なら、ドアノブも壊されてしまうのではないかと、必死でノブを押さえる。

外で大きな舌打ちの音がした。

透は反射的に、辰馬の寝室のもう一方のドアを見る。透は暗がりの中を手探りで走り、辰馬の書斎との間のドアへと向かう。途中、テーブルの脚に脛を打ち付けたが、恐怖のあまりに痛みも感じなかった。

震える手で書斎の扉にも内鍵をかけた透の勘は正しく、同じように考えたらしき牛岡がやがて廊下側をまわりこみ、外側からガチャガチャと無遠慮にドアノブをまわす。

「開けろ！」

ほとんど声を聞いたことのなかった男は、ドアの外で吠《ほ》えた。

「中にいるんだろうが！　一発やらせろ！」

男の罵声に、透は怖れおののきながらドアノブを押さえる。

今にも引きずり出され、この男に再び力ずくで犯されるのだと思った。

「この間、左京さんとよろしくやってたのを、庭で聞いたんじゃ！　すぐに次の男を咥え込みやがって、こん淫売が！　俺にも尻まくって出せや！　お前の尻は、細っこいのにえらく具合がいいからな！」

透は目を閉ざし、壊れそうな勢いでまわされるドアノブを必死で押さえ続けた。

住み込みの大原らに救いを求めようにも、大原らにもこんな巨体を持つ男は止められないだろう。

強姦罪の成立する女でもなし、家庭内の暴力事件であれば、警察も来てくれるかどうか。

何より、この男が警察を前にして何を言うか。

「開けろ！　今さら清潔《おきれい》ぶんな、こんスベタがぁ！　俺にも前みたいに着物の裾まくって、脚開いてみせろや！」

男は口汚く散々に外から透を罵ったが、さすがにドアを壊してまで踏み込むとあとあと面倒だと思ったのか、最後に透を震え上がらせる言葉を吐いて牛岡は去った。

「いつまでもこうして立てこもって逃げられると思うなよ。すぐにヒン剝いて、尻《ケツ》マ○コにブチ込んで、前みたいにアンアン言わせてやるからな！」

透は暗がりの中で固く目を閉ざし、耳を覆いたくなるような男の罵声に泣きそうな思いで耐えた。恐怖と屈辱とで、手がブルブルと細かく震える。

左京に違法ドラッグだと指摘された、あの強烈な催淫作用をもたらす薬を使われると、惨めだったがほとんど前戯もなく牛岡に犯されても声が上がった。

一度薬が用いられると、ただ突っ込まれるばかりの穴として扱われても、オモチャやディルドーを使われてさえも、普通なら耐えられるはずのない痛みですら快感にすり替わる。

そのかわり、いつも心は引き裂かれたように惨めで何日も虚脱感と無力感に苛《さいな》まれ、力任せに犯された身体はボロボロになって、痛みで立ち上がることもできなかった。酷かった時にはそれが一週間近くに及び、こっそりと医者を呼ばれたこともある。

左京のようなそっけない態度とは裏腹のやさしさや余裕があるわけでもなし、こんな男とのセックスなど、薬がなければとても耐えられるものではない。

事実、これまで透はセックスなど辛くて痛いばかりの拷問だと思っていた。

はたして四十九日が終わって里に帰るまで、この男から逃げ切れるのだろうかと怯えながら、透は今にも牛岡が引き返してくるのではないかと、その夜はとうとう明け方まで一睡もできないままに辰馬の寝室にこもっていた。

Ⅲ

「透様、お風呂《ふろ》が沸いております」

夕刻、食事前に入浴を促す大原の言葉に、青花《あおばな》と呼ばれる青い染料で一心に染めの下絵を描いていた透は、顔を上げる。

「はい、今行きます」

五年も筆を取り上げられていたため、やはり腕はかなり鈍っている。

それでも早く勘を取り戻し、実家に戻った際には、作業場でなければできない「蒸し」などの作業にかかりたいと考えていた。

結局、牛岡に踏み込まれた自室には戻るのを諦《あきら》め、透は母屋の洋館の方、左京の自室がある棟の一室、客室として使われていた部屋へと移った。

新しい部屋は漆喰壁《しっくいかべ》を用いた完全な洋室で、扉もくりぬきの無垢板《むくいた》を使っているために厚手で頑丈だった。そこに専門の業者を呼び、新たにガッチリとした内鍵を二つつけてもらって、ようやく透は安堵《あんど》した。

むろん、牛岡に本気で大型の斧《おの》やハンマーといった重工具を用いられるとひとたまりもないが、逆にそこまでされるともう何をしても助かるとは思えない。

さすがに牛岡も、下手な真似をして左京の耳にはいるとまずいと思っているのか、二、三度、遠くから粘着質な目で見てきただけで、夜は何も仕掛けてこなかった。

大原らも透が部屋を移り、業者を呼んで鍵をつけさせた時点で、薄々透の怯えている相手を察したのか、とても協力的だったのもありがたい。

いつ牛岡に襲われるかわからない恐怖も当面去り、少し落ち着くことのできた透はますます染め付けの下作業に没頭している。今は食事と風呂の時間以外には、ほとんど部屋の外にも出ていない。描きたい図案が、次から次へと出てくる。それぐらいに久しぶりの作業は楽しいものだった。

透はきりのいいところで筆を置くと、着替えを持って階下の風呂場に向かう。

明日の初七日を控え、夜には左京が帰ってくると聞いていたが、夕飯には間に合うのだろうか。それとも透とは別に、遅れて食べるのだろうか。

左京にはどんな顔を見せていいのかもわからなかったが、今晩、男が再び戻ってくるということに、なぜか不思議と胸の奥がざわついていた。

せめて、仕事道具を一式運ばせてくれた礼だけでも伝えたいが、うまく言えるものかどうか…。

透は風呂場に入ると、念のため、牛岡に入り込まれないように脱衣所の引き戸に内鍵をかけて着物の帯を解き、長着を肩からすべらせる。

襦袢も脱いだところで、ふと鏡が目に入った。

――ここは綺麗な色をしてるが…。

ふいに低い左京の声が蘇り、透は頬にさっと朱を上らせる。

あの言葉を思い出すと、鏡に映った薄淡い色の乳首が、妙に淫らな器官に思えた。

昨日も同じようにしてここで着物を脱いだのに、どうして今日に限って左京の言葉を思い出すのだと、とっさに胸許を隠すように腕を上げた透の目に、今度は紺のボクサーブリーフが目に入る。

左京に色気のない下着だと笑われたことが思い出され、透はそれを脱ぎ去ると逃げ込むように風呂場に入った。

男で色気のある下着など、考えてみてもわからない。わからないし、今日に限ってあの晩の左京の言葉が次々と思い出されるのも、どうしてなのかわからない。

身体を洗っていても、今さらのように左京に施された愛撫と、あの時に感じた頭の奥がぼんやりと白く煙《けぶ》るほどの強烈な快感が思い出され、自然、透の動きは緩慢なものになった。

タオルを持つ手の動きが、いつのまにか左京にされたように身体のラインを辿《たど》るようなものとなる。

「…ん…」

泡にまみれた指で、透はじっとりと浅い色の乳暈をなぞった。

「ぁふ…っ」

じんわりと胸が痺れたように疼き、思わず小さく声が洩れた。

その浴室の壁に響いた淫靡《いんび》な声が逆に引き金となり、胸を弄る手が止められなくなる。

「…んんっ」

乳首を左京にされたように指の間にはさんで軽くそっと揉んでみると、甘くうっとりとするような快感が生まれる。

「…ぁっ」

透はたまらず手ぬぐいを洗面器に落とし、両方の指を使って泡の中で赤い茱萸の実のようにつんと勃ち上がった乳頭を転がしはじめた。

「…どうして、こんな…ところが…」

薄く平べったい胸の先端のぽっつりした器官が、どうしてこんなに感じるのかわからない。わからないけれども、気持ちいい。くりくりと指の腹で乳首を揉む動きが止まらない。

逃げ出した姉の代わりに辰馬にこの家に連行されてきて以来、辰馬の腹いせ混じりの性道具のように扱われてきたため、年頃の男が持つ性全般に関する興味はすっかり萎えてしまった。

長く自慰などとも無縁でいたが、どうして今さら、こんなに左京とのセックスばかりが思い出されるのか。

固いのに弾力のある乳頭は、ジンと熱を帯び、クニクニと指の中で捩れては透を身悶《みもだ》えさせる。

透は目を閉じ、この間の左京の指の動きを頭の中でなぞった。

左京の体温、左京の低い声、固く引き締まった筋肉、温かな皮膚の張り、最後は自分のもののようにすら思えた匂い…。

「はっ…」

透は夢中で乳首をまさぐり、やがてたまらず、下肢にも手を伸ばした。

乳首への自慰だけですっかり頭をもたげた生殖器を、男の手を思って握りしめる。泡の中で先端をまさぐり、泡のヌメリを借りて綺麗な珊瑚《さんご》色に色づいた砲身をしごく。

誰も見る者がいないのだと思うと、左京の手を思って胸と性器を慰める手の動きもだんだん大胆なものとなってくる。

檜《ひのき》の椅子に腰掛けたまま、透は夢中で指を使い続けた。

時折、こらえきれない艶《つや》めいた吐息が、浴室内に甘く響く。

「左京さ…」

自分でも気づかぬうちに頭の中で追っていた男の名前を呟くと、性器ばかりでなく、胸もぐんと疼いた。

呟いてみて初めて、透は自分が再度あの男の手を求めていることに気づく。

「あ…、左京さん…」

小さく名前を呟くと、胸の内に甘い陶酔が湧いてくる。素っ気ないような口ぶりで、あんなに透の欲しいものばかりをくれた人は初めてだった。

左京を思ってこんな真似をすることに後ろめたさを感じつつも、こみ上げてくる甘い快感をこらえきれない。

「あ、胸も…、もっと…」

切なく呻き、懸命に乳首を摘み、ペニスを握る手を動かしてみるが、左京の与えてくれたあの快感にはとてもかなわない。

泡にまみれた腰が焦れて動き出し、床の黒の御影石の上で白い爪先がギュッと丸まる。

「ん…、ふ…」

届きそうで届かないもどかしい快感に、透は腰の位置を前へとずらし、性器をこすっていた指を、そうっと両脚の間奥深くへと差し入れてみる。

こんな場所に何かを挿入されることなど、少し前まで痛みと恐怖しか感じなかったのに、今日は左京を思うと触れずにはいられない。

指先で触れると、そこはヒクンと収縮した。下肢にもどかしいような疼きが走る。もっと強い刺激が欲しい。

透は熱い息を吐き、そっと石鹼《せっけん》の泡の滑りを借りて、ひっそりと口をつぐんでいる場所を指先で円を描くように撫でてみた。

「…ん…」

最初は恐る恐るだった指の動きが、だんだんと大胆なものとなる。窄まっていた入り口も、指の動きに合わせ、ヒクンヒクンと収縮を繰り返す。

もっと奥に…、透は目を閉ざし、乳頭をこねる指はそのままに、徐々に秘所に押しあてた指を奥へと進めてゆく。

「…ぁ…」

何度目かの収縮と共に、指はするりと内部に潜り込んだ。

「あ…」

密《ひそ》やかな息をつき、思ったよりもスムーズに入り込んだ指に、透は腰を浮かせる。

ガタン…、と檜の椅子がずれ、透は浴室の床に膝立ちとなったまま、中に入り込んだ指を動かしてみた。

「んぅ…、んっ…、んっ」

ぴっちりとまとわりつくような粘膜の動きが、ダイレクトに指越しに伝わってくる。迎え入れるような、吸い付くようなキツい感触。いやらしい動きだと思うが、自分でも止められない。

少し前屈みとなった姿勢で、透は夢中で指を使った。

細い指の感触が敏感な粘膜を何度も出入りする感覚がたまらない。もっと強い刺激が欲しくて、透は喘ぎながら腰を揺らし、なおもいっそう指を激しく出入りさせる。

「ん…、んっ…」

ガラリ！　…とその時、浴室のガラス戸が外から大きく開けられた。

「…っ…！」

あられもない姿で指を使っていた透は、薄笑いを浮かべる巨軀の男に声にならない悲鳴を上げた。

牛岡だった。

「こんなところにこもって、左京さん、左京さんって、エロい声漏らしてると思ったら、やっぱりマスこいてやがったか、このドスケベが」

外から聞いていたのかと、透は血の気の引くような思いでかろうじて腕で身体を覆い、広めの浴室内で壁際に後じさる。

透の入浴を承知で、庭からまわって、窓なり換気口なりから中の様子を窺っていたのだろうか。

そして、透の自慰を知って、引き戸の簡易鍵を外から開けるなりして勝手に踏み込んできたのか。

「出ていってください！」

「すぐに新しい男に尻振りやがって、見たぞ、今、自分で指使ってたのをな！」

無遠慮に靴のまま浴室に踏み込んでくると、牛岡は一糸まとわぬ透の腕をつかむ。

「放して！　出ていってください！」

「自分でやるなら、俺がもっとイイもんを尻に突っ込んでやるっていってんだ。俺のでな、すぐに昇天させてやっからな」

待ってろよ、などとプロレスラーを思わせる巨体の持ち主はブツブツ口の中で呟きながら、自らのベルトをゆるめる。

そして、つかまれた腕を払いのけようとする透の抵抗などものともせずに、強い力で透を浴室の外へと引きずり出す。

「放せ！　嫌なんだ！　嫌だっ」

「男のチ〇ポが欲しいんだろが、今さら気取んなや。俺とこれまで、何発決めた仲だ？　ええ？　いっつも、泣いてヨガってただろが！」

「あれは違う！　嫌だ、放せっ！」

脱衣所に引きずり出された透は、なんとか牛岡の手を振り切って洗面台にかけよると、辰馬が脳溢血で倒れて以来、取りつけてあった非常ボタンに指を伸ばした。

「この野郎！　無駄な抵抗しやがって！」

「あっ！」

横合いからバツン！　…という音が聞こえ、頬への熱い衝撃と共に透の身体が洗面台の上にしたたかに打ち付けられる。

一瞬、プルル…、と鳴りかけたベルも、すぐに舌打ちと共に解除ボタンを押された。

透はそのまま髪をつかんで引きずり起こされ、凄まじい力で床に押さえつけられる。

グローブのような大きな手に、手加減なしで頬を平手で殴られたらしい。素っ裸で床に仰向けに押さえつけられて初めて、透はじんじんと痺れる頬に、自分が殴られたことを知る。

軽く脳震盪を起こしかけているのか、頭の奥がわんわんと何重にも鳴っている。頭の芯がぐらぐらしていて、痛みと生理的な涙で視界がぶれる。

「なぁ、ゴミ場にこいつが捨ててあったのを見た時は、目を疑ったよ」

牛岡はニヤニヤしながら、左京が捨てたはずの催淫クリームの瓶を示して見せる。屋敷内のゴミの集積所から拾い上げてきたらしい。

牛岡はぐったりと力を失った透の脚を、子供の腕でも扱うように無造作に開く。慌てて暴れようとしたが、あまりの圧倒的な力の差に脚を閉じることもできない。その間に、男は蕾にたっぷりとクリームを塗りつけてくる。

「う…う…」

頬を殴られた衝撃で声も出せないまま、透はその肌の泡立つような感触に呻く。

よほどの力で殴られたのか、口の中が切れて鉄の味が口中いっぱいに広がっていた。

それでも何とか抗おうとした腕を、草でも薙ぐように簡単にたたき落とされる。

「こんなもんなくても、左京さんとはよろしくやってたみたいだなぁ。お前のすげぇ、アヘ声が庭まで聞こえてたぜ。えっらいエロ声で、ムラムラしたや。あの晩はお前のよがり声だけで、四発抜いたぞ」

聞くのも耐え難い下品な言葉を吐きながら、巨軀に見合って動物並みに絶倫の男は、黒光りするおぞましいものを取り出す。

「…嫌…だ」

思っているよりも酷く口の中が切れているのか、唇の端から血と覚しき生温かいものがこぼれた。

赤紫色の血管がうねうね走り、異様なまでに膨れ上がった赤黒いペニスから少しでも逃れようと床をずり上がる身体を、強い力で引きずり戻される。

「男が欲しくて、身体が夜泣きするんだろが。こんなスケベな尻《ケツ》マ〇コに細っこい指で足りるかよ。なぁ、このぶっといモノでズボズボしないと物足りないだろ？」

左京とは異なり、前戯も何もないまま、牛岡は透の蕾に催淫クリームのすべりだけでその醜いモノをねじ込もうと、無理な力をかけてくる。

「…いや」

無理な力で身体を割り裂かれる恐怖から、なおももがいて逃げようとすると、再び、力任せに頬を張られた。

「…！」

痛みと衝撃で、一瞬、気が遠くなる。

その時、ガッ！　という鈍い音と共に、のしかかってきた男の身体がぐらりと横に傾《かし》いだ。

「何をやってる！」

体勢を崩した牛岡の向こうに、脚を大きく横に払った姿勢の左京と大原が見える。

何か動物めいた唸り声を上げ、牛岡が左京の腰あたりにつかみかかろうとするのを、左京がさらに蹴《け》り上げる。

牛岡の身体が後ろに仰け反り、脱衣所のキャビネットにぶつかって凄まじい音を立てた。

なおも腕を振り回そうとする男の身体を、左京は馬乗りになって上から押さえつけ、大原に向かって叫ぶ。

「大原さん、警察呼んで!」

大原が返事と共に廊下を駆け出してゆく。

左京も体格はいいが、唸り声を上げて暴れる牛岡を前にすると、まだ細身に見える。

左京をはねのけ、立ち上がった牛岡と揉み合う男に、透はまだふらつく頭を片手で支えながら、何か助けになる物はないかと見まわした。

とっさに隣の浴室に転がっていた檜の椅子が目に入り、取り上げる。

人を殴る恐怖よりも、揉み合う左京をなんとか助けなければという気持ちが勝った。

渾身《こんしん》の力を込めて椅子を振り下ろすと、ゴッ…、という鈍い音と固い手応《てごた》えと共に、牛岡の身体が傾ぐ。やがて、どすりという鈍い音と共に、巨漢の身体は横に倒れた。

左京は倒れた牛岡が意識を失ったことを素早く確かめると、ふぅ…、と一息つき、歪んだネクタイを直しながら透を見た。

「助かった、こいつとまともにやり合うと、かなうとは思えん」

そして、透の顔に腕を伸ばした。

「酷いな、殴られたのか」

透はとっさに血に汚れた顔を覆い、置かれていたバスタオルで身体を隠す。こんな場を左京に見られてしまったことが、たまらなく恥ずかしく、情けなかった。

きっと、あのどうしようもない牛岡の罵声も耳に入ったことだろう。左京にどう思われたかと考えただけで、胸がどうしようもなく苦しい。苦しくて、辛い。

それに加え、生まれて初めて人を殴った衝撃と、殴られ、暴行されかけたショックなどもあって、透はすぐには立てなかった。

「…ありがとうございます…、助けていただいて…」

力なく床に座り込んだまま、透は小さく礼を言う。

「命拾いしたのは、こっちだぞ。言ったろ、こんな男とまともにやり合うとかなわないって。お前、見た目よりも過激な男だな」

左京は苦笑すると、身をかがめ、大丈夫かと自分まで痛そうに顔をしかめる。

「とりあえず、こいつを動けないように縛り上げてから、お前の手当てだ。こいつは暴行の現行犯で、警察に引き渡す」

何か縛れるものは…、と腰を上げかける左京に、透は恐る恐る口を開く。

「…薬を使われました」

「…薬？」

呟いた左京は、脱衣所の隅の床の上に転がっていたクリームの瓶を拾い上げる。

「こいつか…」

左京は舌打ちと共に、眉をひそめた。

「とりあえず洗い流してみますが…、しばらくは…多分…」

「そうだな、少しでも早く処置した方がいい」

答えた後、左京は言いにくそうに尋ねてきた。

「…おい、救急車を呼ぶか?」

しばらく考えたあと、透は首を横に振る。

「いえ…、今は…」

自分にこれまで起こった症状を思うと、あんな異様な興奮状態を人前ではとても晒したくなかった。

左京は眉を寄せたあと、わかったと頷いた。

「警察にはこの件も合わせて話す。ちゃんと正当防衛になる。お前に悪いようにはしない」

左京は透の身体を抱き起こし、そっと浴室に促す。

この男には見下されているとわかっているのに、助けられた安堵もあって、今はどうしようもなくその逞しい腕に縋ってしまいたかった。

「左京様、今、警察を呼びました!」

加勢するつもりだったのか、大原が辰馬のゴルフクラブを手に戻ってくるのを見て、左京が笑う。

「大原さんも、けっこう過激だな。悪いけど、頑丈なロープか何かを頼む」

「はいっ、すぐに」

「とりあえず、こいつで縛っておくか」

左京は手近にあったタオルで、手際よく牛岡の両手首を後ろ手に縛り、さらには別のタオルで両足首を固定する。すでに意識を取り戻しかけているのか、牛岡が小さく呻いた。

「心配するな、悪いようにはしないから。早く洗い流すだけ、洗い流してしまえ」

左京は思いもしないやさしい声でささやくと、そっと透の背を浴室へと押した。


「…んっ」

夕食を断った透は、自室のベッドの上で浅い息をつきながら、寝間着姿で口許を冷やしていたタオルを握りしめ、身悶える。

身体が火照って火照って仕方がない。

あの後、浴室でシャワーを使って懸命に塗りつけられたクリームを洗い流してみたものの、やはりすでにいくらかは粘膜から吸収されてしまっていたらしい。

強烈な催淫作用のせいか、ぼんやりと頭の奥が熱で浮かされたようになる。意識をゆるめると、腰が振れ、下肢をシーツにこすりつけてしまいそうになる。肌に寝間着の綿生地が擦れる感触すら、今は刺激になった。

ベッドの上でのたうちながら火照る身体を持てあましていると、外からノックの音がする。

そして、スーツの上着を脱ぎ、少し襟許をゆるめた左京が部屋に顔を覗かせた。

「おい、大丈夫か？」

「…左京さん」

透は潤んだ目で男を見上げる。

「さっきは助けていただいて…、ありがとうございました。それに、染めの道具一式も…」

少し呂律《ろれつ》がまわらないのは、薬の症状だろう。

「ああ、それはいい。それよりもえらく殴られたみたいだが、怪我《けが》はないのか？　一応、牛岡は警察に引き渡した。今日は遅いし、殴られて怪我もしてるからって言ったら、明日、被害者のお前にも事情が聞きたいって話だ」

「私は…」

思考が濁る中、自分は警察で何を話せばいいのかと、牛岡が透に誘われたなどと言い出せば、よけいに話はこじれるのではないかと、透は怯える。

「お前は、殴られて暴行を受けた被害者だ。相手が薬物を所持していて、同意なしに強引に用いようとしたことも話してあるし、証拠品として渡してある。非は向こうにある。何も怖がらなくていい」

左京は透のベッドの縁に腰掛けると、殴られた箇所を検分するためか、透の顎を指先で引っかけた。

「…ぁ」

わずかに顎を持ち上げられただけなのに、ごまかしようもないほどに湿った声が洩れ、透は懸命に左京の手から逃れる。

薬のせいで頬を打たれた痛みはすでに麻痺《まひ》しており、今は軽く指で頬を撫でられる感覚さえ、性感を刺激する。

「すみません、やっぱり薬が…。明日の朝には話を伺いますので…、今日は…一人にしていただけませんか…」

透は荒い息の間から、後生です、と声を振り絞る。

催淫剤のせいとは言え、左京にはこれ以上浅ましい姿を見られたくなかった。

「辛いか…？　病院はいいのか？」

「寝ていれば治まりますから」

うっすらと汗ばんだ額に黒髪を貼りつかせ、透は濡れタオルを口許に押しつける。左京がいなければ、今にも身体の中心に手を伸ばしたかった。

「このままだと辛いだろうに」

「…でも、こんなところ…、誰にも見られたくなくて…」

自分の立場を左京に軽蔑されていたのは知っている。知っているからこそ、そんな男だと思われたくない。浅ましい姿を見られたくない。

左京は眉をひそめると、タオルを取りのけ、ゆっくりと透に唇を重ねてくる。抵抗しようと思ったが、甘く柔らかく唇を吸われて、すぐに意識がぼうっとかすんだ。

「俺も、こんな状態のお前を一人でほっとけないんだ」

キスの合間に、左京が熱っぽい声でささやく。

「どうしてだろうな」

「ぁ…、でも…、このままだと、きっと浅ましく乱れてしまいます…」

男の軽蔑が怖くて、せめて最後の抵抗と左京の胸に腕をつくと、左京はやさしい仕種で濡れた唇を拭ってくれる。

「そういうのも悪くない」

大きな手が、汗に湿った髪をかき上げてくれる。状況は酷いが、こんな満ち足りた想《おも》いなど感じたことがなくて、透はうっとりと目を伏せる。

どうしてこんなに左京がやさしく扱ってくれるのかはわからなかったが、今は嬉しかった。

左京がネクタイを抜いて覆い被さってくるのを、透は身体を開いて受けとめる。寝間着の帯が解かれ、襟許がくつろげられると、すでに興奮で尖った乳首がつんと突き上がっている。

「あぁん…」

ふっくらと赤みを帯びて膨らんだ乳暈ごと吸い上げられ、透は甘ったるい声を漏らした。吸われ、舐めしゃぶられる乳頭が、ジィンと痺れる。

さっき、自分で慰めたときよりもはるかに巧みな動きで、くにくにともう片方の乳首も弄ばれて、続けて濡れた声が上がる。

「あっ、それ…っ」

「いいのか？」

「うん、いい…、気持ちいい…っ」

口にしてしまうと、何か箍《たが》が外れたように甘い声がこぼれ続ける。

「あ、もっと…、ん…」

チユッ、と音を立てて乳首にキスをする左京の頭を、せがむように抱いてしまう。

「ずいぶん、濡らしてるな」

左京の声に、先端からこぼれた蜜が丸く染みを作ってしまっている下着を意識する。

「…見ないで」

かすれた声で隠そうとすると、男は笑って湿った下着をずらせてくれた。

すでに昂ぶったものが男のシャツに擦れるのも気持ちいい。透は膝を立て、無意識のうちに左京の腰に脚を絡めていた。

「口の中が切れたんだな。血はもう止まったのか」

乳頭を指の間でこね上げながらも、左京は唇を深く合わせ、丹念に透の口中を探り、切れた傷口を厚みのある舌先でなぞった。

「ん…、止まって…」

懸命に左京の首に腕を巻きつけ、舌を絡めてもっと深いキスをねだりながら、透は頷く。

「二人目の男っていうのは、牛岡のことだろう?」

透と鼻先を擦り合わせ、啄《ついば》むように唇を合わせながら左京が尋ねる。

あんな現場を見られた以上、そして、牛岡の罵声を聞かれている以上、ごまかしようもない。

だが、左京には知られたくなかったと、透は目を伏せた。

「…はい…、旦那様が徳次さんに私を嬲るようにお命じになって…」

「お命じになって…って…」

左京は何か言いかけ、悪かったなと呟く。

愛撫とは別に、そっと背中からうなじにかけてをやさしく撫でてもらうと、辛かった日々が癒《いや》されてゆくような気がする。

「…ん…あ、あ…」

再び乳頭をねっとりと口中で転がされると、身体が勝手にヒクヒクと跳ねた。左京の手が、脚の間に伸び、先端からたっぷりと蜜をこぼしているものをゆるゆると嬲ってくれる。

「は…ん…」

両脚の間をまさぐった指は、奥の秘孔にも透のこぼした蜜をゆっくりと塗り込めるようにそっと愛撫してくる。

「あぁ…ん」

催淫剤をたっぷりと塗り込められた箇所は、それだけで疼き、嬉しげに男の指を呑み込もうと蠢いた。

「この間の潤滑剤なんかは処分したのか？」

左京のささやきに、透は頰を真っ赤に染めながらかすかに首を横に振る。

先週、左京に抱かれた時の強烈な快感のせいか、どうにも捨てられないまま、部屋を移った時に持ってきてしまったものだった。

それがまるで自分の下心を見透かされたようで、とんでもなく恥ずかしい。

「いい子だな、どこだ？」

指先でヒクつく粘膜をからかうようにつつかれ、サイドボードに視線を動かすと、左京はボトルを取り出す。左京は蓋を取ると、先のノズルを秘所にあてがい、一気に中身を流し入れた。

「ひぁっ！　…ぁぁ…」

その冷たい感触に透は悲鳴を上げるが、火照った媚肉に濡れて冷たいジェルが押し入ってくるのはたまらない快感だった。

刺激に跳ね上がるモノを根本で強く握りしめられ、射精できないままに透は長く尾を引く濡れた悲鳴を上げ続ける。

「ひ…ぁ…、あ…あ」

押し入ってくるジェルの感触に白い下腹を震わせていると、ボトルの代わりに男の指がたっぷりとそのジェルをまとわりつかせて、まとめて二本も一気に押し入ってくる。

「あっ、ああっ、あっ」

透は顎を仰け反らせ、男の指を奥深くにまで受け入れる。

媚肉をかきまわす、ヌチュヌチュと濡れた潤滑剤の音が耳をつく。すでに火照りきった粘膜は、男の指に物欲しげにまとわりつき、少しでも奥へと呑みこもうと動くのが自分でもわかった。

「ああっ…、は、早く…」

立て続けの強烈な刺激に、射精を抑えられたままの透は腰を浮かせる。

「これか？」

薄い胸を喘がせる透に左京が薄く笑い、身悶えせんばかりの透に猛々しいものを太腿にあてがってくる。

「早く、お願い…っ」

懸命に手を伸ばし、左京自身に指を絡める透に、左京は意地悪く笑って身体をずらし、透の目前に猛ったものを見せつけるようにする。

「しゃぶってみるか？」

逞しく反りかえったものを見ると、喉が鳴った。

「ん…ぅ…う」

透は唇を開き、顔の前に突きつけられたものを喉の奥深くまで咥え込む。

切れた唇の端が痛んだが、それも気にならないぐらいに、心底この口中のものが愛しいと思った。

鼻を鳴らし、懸命に口に含んだものを吸い立てる。技巧もどこかに吹っ飛び、ただ夢中で左京のものを舐めた。

「唇も切れてるのか、悪かったな」

左京は小さく呟くと、乱暴にならない力で透の髪をつかみ、ゆっくりと口中のものを引き出す。

唾液が細くつうっと銀の糸を引くペニスの先端を、左京は思わせぶりに固く勃ち上がった透の乳首にこすりつけるようにする。

「ぁ…、それ…」

固くしこった乳首をクニクニと逞しい砲身で意地悪く突かれると、喉の奥から呻き声が漏れる。胸まで凌辱されているような、被虐的な気分になった。

透は指を伸ばし、自らその先端を自分の乳頭にこすりつけるようにする。

「ぁ…気持ちいい…」

かすかな声が口をついて出ると、左京は低く笑う。

「お前の乳首はずいぶん弾力があるな。薄べったいのに、乳輪《ここ》だけ盛り上がってエロい胸だ」

薄赤く色づき、ふっくらと全体的に盛り上がった乳暈を、男はさらに隆《りゅう》とエラの張った亀頭で嬲る。

「…ん…ぁ、もっとオッパイして…」

おかしな気分になると、透は潤んだ瞳で男を見上げながら、もう片方の空いた乳首を自分で摘んでしまう。

「すごい薬だな。ぶっ飛んでんのか？」

「は…ぅ…、やだ…、指が止まらない…」

性感が異常に高まっているせいか、普段では信じられないような淫らな言葉が、甘えた声が、どんどん口をついて出てくる。

「そんな眺めも強烈にクるけどな、脚を開いて膝を抱えてみせるんだ。全部、見せてみろ」

「…はい」

熟れきった色の乳頭をひときわ強くペニスでえぐるようにされ、透は夢中で頷く。

すっかりはだけた浴衣をそのままに、透は男のいうとおりに白くすんなりした両膝を立て、その脚を抱え込むように開いてみせる。

「いい眺めだな。ヒクつくところまで、全部丸見えだぞ」

「…あ…、言わないで」

透は羞恥に身悶える。恥ずかしいが、この上なく甘美な思いもある。

ヌチュリ、という音を鳴らして膨れ上がった先端を押しあてられ、潤滑剤にまみれた入り口あたりをこね回すようにされると、喉が鳴る。

「左京さん…」

譫言のような声がこぼれる。

「早く…、左京さん…」

喘ぎながら腰を揺らし、焦らすように入り口付近をなぞる男のものにヒクつく箇所をすりつける。

「お前、すごい誘い方するな」

ハスキーで色めいた声でささやくと、左京はそれ以上透を焦らすことなく、腰を進めてくる。

ぬうっ、と巨大なものが押し入ってくる感触に、透は喉を仰け反らせた。

「あぁ…っ！」

待ち望んだ圧倒的な質量に、たまらず腰が痙攣する。それと意識することもなく、透は先端から白い華液を迸らせていた。

「ぁ…、ダメ…、出ちゃった…」

呆然《ぼうぜん》と呟く間に両脚を深く抱え込まれ、なおもジェルの潤いをそのままに逞しいものを奥深くまでねじ込まれる。

潤った秘肉は、押し広げられ、荒々しく擦り上げられて、耳も覆わんばかりの淫らな濡れた蜜音を立てる。

弾けたばかりのものは萎えることもなく、内部深くをえぐられて、再び先端から蜜を振りこぼしはじめた。

「あ…、気持ちい…、中、擦れて…」

透はゆるく揺さぶられながら、喘いだ。

「俺もだ、ずいぶん具合がいい」

透の脚を抱え込んだまま、深くゆっくりと透の中をえぐりながら、左京が呟く。

左京のもたらす快感に歯を食いしばりながら、透は悲鳴に近い声を漏らした。

「あなたがよかった…」

身体を芯から揺さぶられる快感とは裏腹の言いようのない胸苦しさに、透の目からぽろりと涙がこぼれる。

「初めては、あなたが…」

左京が形のいい眉を寄せる。

「あなた以外、誰も…知りたく…なかった…」

腰を左京の動きに合わせて揺らめかしながらも、透は細い声で呟く。

「すごいな…、強烈な殺し文句だな」

左京は微笑むと、深く唇を合わせてくる。

「んっ…んっ…」

痺れるほどに甘く舌先を吸われ、透は夢中になった。

擦られる箇所から蕩けてゆくような快感を追うと共に、少しでも左京に快感を与えられればと、懸命に腰を揺らし、自分の中を穿つ男を締め上げる。

「なぁ、つながってる箇所が泡立って白くなってるぞ」

「ひ、あ…、あぁ…」

わからない、境目がもうわからない。

溶けて、溶けて、自分の中に入り込んだ左京ですら取り込んでしまえればいいのに…、そう思ったら、勝手に腰が震えて頭の中がぼうっと白くかすんでくる。

「やぁっ…、中…出して、中に…っ」

舌っ足らずな声で必死にせがんだら、体奥深くに熱く迸るものを感じた。

「ん…んーっ！」

熱い奔流を感じると共に、再び腰が細かく痙攣する。

「やぁっ…！」

また透を攫《さら》ってゆくような波が押し寄せてくる。

イッちゃう、イッちゃう…、と甲高い悲鳴を上げると、長く逞しい腕が、しっかりと抱きしめてくれた。

「左京さ…っ」

名前を呼んだつもりだったが、もう聞こえたかどうかはわからなかった。

ひんやりしたタオルが額にあてられ、ゆっくりと顔、喉許と拭ってくれる感触に透は目を開ける。

シャツを羽織った左京だった。怠い剝き出しの身体に、清潔な濡れタオルは気持ちいい。

しかし、意識がはっきりしてくると、さっき自分が晒した恥態に顔を覆いたくなるような羞恥を覚えた。薬のせいとはいえ、あんな狂ったように乱れた自分を左京はどう思っただろう。

透は声にもならない悲鳴を洩らし、目の上を手の甲で覆い隠す。

「何だ、ずいぶんつれない態度だな」

左京はさほど気を悪くした様子もなく、低く笑う。

そんな反応に少しホッとしたような思いになって、透は小さく呟いた。

「…恥ずかしくて」

「ああいう乱れ方も、悪くなかったぞ」

からかうような男の言葉に答えようもなくて、透は何とか話を変えようと尋ねた。

「…今、何時ですか？」

かすれかけた声で尋ねると、左京は腕の時計をちらりと見て答える。

「十一時をまわったな。俺も少し寝てた」

左京が隣で眠ってくれたのは、少しは自分に気を許してくれた証拠なのだろうか。

触れられても、さっきのような肌がビリビリと痺れるような感覚はないので、薬も抜けかけているのかもしれない。

「あの机の上の下絵はお前の描いたものか？」

左京は続けて透の身体を拭いながら、描きかけの下絵を振り返る。

「はい。道具をありがとうございました。久しぶりに筆に触れて、思うさま絵を描けて…、本当に幸せです」

透の言葉に、左京は気まずそうに顔を歪める。

「…働いたことがなかったわけじゃなかったんだな。親父がお前の仕事を取り上げてたんだな…、悪かった」

「でも、染めしかできないのは事実ですし…、腕もずいぶん鈍っています。これだけでは、とても私の里を支えられないというのは、事実です」

「そうか、悪くないできだと思うぞ。柄から見ると、訪問着か？　まだでき上がりを見たわけじゃないが、上品な古典柄で趣味がいい。染めの程度にもよるが、これなら一流の呉服屋に並んでいても不思議はないと思うが…」

どれほど着物に目が利くのかは知らないが、左京は呟く。

スーツの趣味は悪くないし、透を抱く時の言い種や言葉とは裏腹の丹念な愛撫を思うと、それなりに女性経験は豊富で仕事によっては玄人筋とも縁があるのだろう。

着物の知識があるのはそのせいか…と、透はこれまで感じたことのない胸苦しさに眉を寄せる。

どうしてだかわからないが、自分の知らない左京の過去に複雑な思いを抱いた。

今も透が知らないだけで、決まった誰かがいるのかもしれないと思うと、妙に苦しく落ち着かない気分になる。むしろ、いない方が不思議だ。

誰が相手なのかと、それはどんな人なのかと…、そんなことを聞ける立場でないことはわかっているが、知りたい。

そして、知りたいと同時に、何も知りたくないという気持ちもある。聞かされれば、きっと平静ではいられない。

誰かに対し、こんな複雑な想いを抱くのは初めてだった。どうすればいいのかもわからない。

「明日の初七日が終わったら、しばらく里に帰るか？」

「よろしいのですか？」

里へ帰れるのだという喜びと同時に、次は四十九日になるまで左京に会えないのだろうかと不安にもなる。それどころか、四十九日が終われば養子縁組を解消し、実家に帰りたいとすら申し出ていたのは透だった。

青桐の養子でいることに未練はないが、左京との縁がすっかり切れてしまうと思うとひどく心もとない。

左京との接点が何もかも切れてしまう…。

眉を曇らせた透をどう思ったのか、左京はふと真顔になって透を見つめてくる。

「一年は援助してやると約束した。その後はどうする？　場合によってはこちらで瓜生の里の土地を買い取り、青桐の持つ土地でもっと利便性の高い土地を安く譲ってもいい」

「…いいんですか？」

透は目を見張る。

里長であった透の父親が何度か辰馬に申し出て、そのたびに一蹴《いっしゅう》されてきた話だった。

「ああ、それはお前一人では決められないことだろうから、里の方で相談しろ」

むろん、相談はするが、断ることなど考えられない話だった。

「あと、うちの会社に呉服部門がある。呉服っていっても、今は若い女相手に流行《はや》りものの安めの着物を売るような部門だが、一部にはデザイナーブランドもあって、いくつか百貨店にも卸してる。その部門に、ちゃんとした目利きを入れるから、今の仲買じゃなく、うちの会社に瓜生染を入れるといい。少なくとも、今の倍以上の値段はつけられるはずだ」

倍以上と聞き、透は目を見開く。

その額で染め物が買い取られれば、里の方もかなり楽になり、青桐家にそうそう援助を請わなくてもいいはずだった。

「助かります。ありがとうございます。そんなにしていただけるなんて」

辰馬の時には考えられなかったほどの左京の采配《さいはい》に、透はただ深く頭を下げる。

左京は何か言いかけたが、やがて軽く頭を振ると部屋を出ていった。

# 四章

## I

透は台所横の、洗濯機や乾燥機、アイロン台などの洗濯設備の並んだ部屋で、蚕に庭で摘んだ桑の葉をやっていた。

大原が蚕を飼いたいという透のために用意してくれたスペースで、壁沿いの棚に、桑の葉を敷き詰めた浅く大きな木箱がある。桑の木のある庭にも、そのまま勝手口からすぐに出られる場所だ。

その上には雨の日に、濡れた桑の葉を乾燥させる棚もある。蒸れた桑の葉をやると、蚕に病気が出やすくなるためだ。

おそらく大原なりに、辰馬はけして足を踏み入れない場所を選んでくれたのだろう。

——広いガランとした部屋ですし、棚に少しぐらい何かあった方が、私も気が紛れます。

大原はそう言って、庭師に頼んで棚と浅い木箱とを作ってもらってくれた。

——お蚕さんは、祖母が飼っていたので懐かしいです。一生懸命ご飯を食べて、きれいな繭《まゆ》を作ってくれて、本当に可愛くてありがたいって、私の祖母も大事にしてましたねぇ。

子供の頃に祖母を手伝ったという大原は、世話の要領もよく心得ていて、透の起き上がれない日にもこまめに蚕に桑をやってくれていた。繭を作る前の蚕は多量の桑を食べるため、日に三度ほど桑の葉をやらなければならない。

ここで蚕を飼うのは、ほぼ透の趣味のようなものなので蚕の数は知れているが、それでも幼い頃からずっと馴染《なじ》んだ作業をしているとほっとする。

透はそっと、四齢《れい》になったやわらかな蚕を手に載せてみる。ものは言わないが、頭をもたげて懸命に動かすところは、何かこちらに話しかけてくるようだと思う。

透が再び、蚕を桑の葉の上に戻すと、ふいに背後から声がかかった。

「こんなところに、出入りしてるのか？」

振り返ると、東京にいるはずの長身の男が立っている。

「左京さん!?」

透は驚いて目を見張る。

「洗濯でもしてるのか？」

不思議そうに呟き、男は透の横までやってくる。

「…いえ」

ふいに左京が現れたことに驚き、そして、ここでひそかに蚕を飼っていることもうまく説明できず、透は何と説明したものかと口ごもる。

しかし、そのためらいは杞憂だった。

「ああ、ここで蚕を飼ってるのか。部屋には、それっぽいものはなかったなと思ってたんだ」

「…すみません」

透が呟くと、左京は低く笑って蚕を入れた箱を覗き込む。

「蚕《これ》は、お前の中ではペット枠なのか？」

笑いの中に微妙に困惑が交じっているのは、やはり見慣れぬ人間にとっては、白い蚕が緑の桑の上で多数蠢く様子が異様に見えるからだろう。

一度に数万匹の蚕を養う瓜生院の家を思うと、蚕百匹程度では飼っているともいえないが、それでもやはり透にとっては自分の生業を忘れずにいるための縁《よすが》でもある。

辰馬がいた頃は、生きる希望も何もない屈辱と絶望、痛みばかりのこの家で、わずかなりとも透を精神的に支えていた存在だった。

これ以上の数を飼うとなると、やはり規模的に辰馬に知られる可能性があった。逆にあまりに少ない数だと、丈夫な蚕は飼いづらい。それなりの数を育ててこそ、餌の量や環境なども調整しやすい。

透のために便宜を図ってくれた大原に迷惑をかけない、ぎりぎりの数だった。

「ペットというよりは、子供の頃からすぐ側で馴染んで育った生き物なので…」

「大原さんもそんなこと言ってたけどな。緑の葉っぱだけを食べて真っ白な繭を作ってくださる、尊くってありがたい生き物だって、ずっと祖母《ばあ》ちゃんに言われて育ったって。家の中にいる、小さな神様みたいなものだって」

「感覚的には、それに近いものだと思います。こんなに弱くて儚い生き物なのに、ただただ輝くように白い繭を残してくれる」

　答えた透は、左京を恐る恐る見上げる。

「左京さんは、虫は大丈夫なんですか？」

「俺だって、こんな田舎の育ちだ。別に今さら、虫ぐらいじゃ驚かない。庭に出りゃ、手のひらほどの蜘蛛《くも》だっているし」

　男は肩をすくめて見せた。

「今日は東京においでなのかと…、驚きました」

　帰ってくるとも何とも聞いていなかったので、透は今さらのようにドキドキしはじめた胸許をそっと押さえた。

「ああ…、明後日、三七日《みなぬか》だろう？　仕事も終わったしな、まぁ、顔を出しておくかと」

　辰馬とは疎遠だったように聞いていたし、左京本人もそのように言っていたが、やはり肉親なだけに法事供養などは重んじるのだろうかと思っていると、左京は蚕の棚を覗き込む。

「世話はまだかかりそうか？」

「いえ、もう桑の葉をやり終えたところなので」

「じゃあ、少しつきあえ」

左京は透を促して、洗濯室を出る。

そして、実家に帰って以来、デニムにカジュアルなシャツで過ごしている透を、少し首をかしげて眺めた。

「着替えはあるか？　着物じゃない、外に食事にぐらい出られそうな服だ」

「食事に…、いえ…」

透は少しめくりあげただけの、ありふれた紺のシャツの袖を押さえる。

一応、普段用の服を持ってきたが、もともとこの家に来る前も、デニムにシンプルなシャツぐらいしか持っていなかった。あえて着替えはあるかと尋ねられて、応じられるほどの外出着はない。

「じゃあ、そのままでいいか」

どこに行くつもりなのだろうかと訝《いぶか》りながら、透は大股《おおまた》でつかつかと歩く長身の男の背を追った。

台所でお茶の用意をしている大原に、左京は声をかける。

「大原さん、さっきの話だけど…」

あらかじめ予定を聞いているのか、大原はにこやかに振り返った。

「ええ、伺ってます。今、その前にと思って、お茶を淹《い》れていたところなんですが…」

「ああ、じゃあ、ここでもらっていく」

左京は断り、さっさと台所のテーブルに腰を下ろす。

「座敷の方にお持ちしますのに」

「いい、大原さんにも手間だし」

左京は大原の手許の客用湯呑みに手を伸ばすと、ほら、と透の方へと湯呑みを置いてくる。

ついで、茶菓子の載った銘々皿も透の前へと置かれた。

「大原さんもよかったら、一緒に」

促されて大原も苦笑し、急須《きゅうす》に自分の分のお湯を注ぎ入れるので、透も台所のテーブルに腰を下ろした。

普段はそれこそお茶の準備や食事の用意のために利用され、そして大原がまかないを取っているテーブルだ。

辰馬の命令を大原にことづけたり、蚕の世話をするのにこの台所に足を踏み入れてはいたが、いつも大原の城のように思っていたので、左京が当然のような顔でテーブルに座っているのに驚いた。

目を丸くしている透に、大原は笑顔で説明してくれる。

「左京さんはよく子供の頃、こうして台所でおやつなんかを召し上がっていかれて」

「座敷にいるより、こっちの方が居心地がよかったからな」

「夕飯の準備をつまんでいかれることもよくありました」

「いい匂いがしてくるんだ、仕方がない。食い盛りの頃は、いつも腹を減らしてたし。ここへ来れば、何か食べられると思った」

左京は当然のような顔で言う。

「実際、大原さんには世話になった。俺にとっては、第二の母親みたいなものだ」

言い方は不遜だが、大原への感謝は本当なのだろう。大原にはずいぶん気を許した様子を見せているし、身のまわりのこまごまとした話まで丁寧に聞いている。

そして、左京のそんな温かで人間らしい一面に、透はまた惹かれてゆく自分を意識していた。最初は恐ろしく思ったが、この人はとても強くてやさしい人だ。もっと早くに会いたかったと、透は左京の横顔を時折密かに盗み見る。

辰馬の葬儀以降、一番落ち着いたなごやかな雰囲気でお茶を飲んでいると、インターホンが鳴った。

「いらっしゃいましたかね？」

すでに来訪者を知らされているのか、大原が立ち上がり、インターホンに応じる。

「弁護士の山中です」

聞こえてきたのは、この間、辰馬の遺言について説明してくれた弁護士の声だった。

「来たな、行くぞ」

左京に促され、これからまだ何か相続の手続きでもあるのだろうかと、透は立ち上がる。

広い屋敷の中を応接間に向かう際、左京はふと中庭に面した廊下の飾り棚の前に足を止め、棚の上の花と花瓶とを眺めた。

さほど大きなものではないが、由来のありそうな上品な絵付けの花瓶で、振り返る唐風美女と花鳥図という絵柄も珍しい上に美しい。その花瓶に今は、庭の小手毬《こでまり》が飾られている。

あまり廊下に飾られた花などをじっと見るタイプでもなさそうなのにと思いながら、透が黙っていると、やがて男は透を振り返った。

「これが…」

左京は飾り棚に置かれた花瓶を示す。

「この古伊万里の花瓶が、俺の母親の数少ない嫁入り道具だ」

「…そうだったんですか？」

「ああ、この花瓶自体はかなりの値打ちものらしい」

確かに何か時代物の高価な花瓶なのだろうとは思ったが、青桐家そのものに高価な調度品が多いため、特に誰かの所有物と考えたことはなかった。

「ああ、俺の母親の実家は途中で事業が傾いて、嫁入り時に色々持たせられるほど余裕はなかったらしいからな。着物なども含めて、俺の祖母や曾祖母が嫁入りの時に持ってきたもの、まだ処分せずに置いていたものを譲られたと聞いた」

左京は小さく肩をすくめた。

「持たせたその祖母も、ひとまわりも歳の違う男に金で買うようにかっさらわれた孫娘に、どんな思いでこれを持たせたんだろうな」

左京の言葉に、また少し毒が滲む。

「金で買う…？」

「ああ、文字通り、俺の母親の実家の負った負債ごと買収する代わりに、娘を嫁に寄越《よこ》せと言ったわけだ。しかも、親父の下劣なところは、もともと強引な囲い込み方式で母親の実家の経営を傾かせたところだな。そういうあたり、本当に悪辣なやり方をするんだ」

左京の母親も姉の衿香同様、あまり幸せな結婚ではなかったような話は聞いたが、左京は両親の結婚自体をよく思っていないようだ。

むしろ当たり前の話なのかもしれないが、母親に対してずいぶんな同情を抱いており、それがまた父親への反感や軽蔑へとつながっているのだろうか。

透は長身の男の背中を追って、応接間と称されている洋間に入った。

左京と透に一礼して鞄《かばん》を広げた山中は、書類を取り出す。

「先日の透さんのお申し出と、さらに左京さんからのお申し出を受けまして、書類を作ってまいりました」

自分には畑違いで、言われた箇所に記名、捺印《なついん》するぐらいしかわからないような厚い書類を、別珍張りのソファに腰かけた透はぼんやりと眺める。

透の申し出というのは、青桐の籍を抜けて、元の瓜生院姓に戻るというものだろう。

辰馬によって半ば無理に養子とされ、青桐の姓を名乗るのはずっと不自然に思っていたが、瓜生院の家に戻ってしまえば、これから先は左京とは何の縁もなくなってしまう。

自ら望んだこととはいえ、そして、自分が青桐の家にこのまま居続けることはあまりに不自然だとはいえ、今になって何ともいえない喪失感を覚える。

この家に来るまではずっとそうしていたように、実家で養蚕を営みながらのおだやかで淡々とした日々に戻るだけだ。姉の代わりにこの家に連れてこられて以来、長くこの家から解放され、そんな静かな日々に戻りたいと思っていたのに…。

「まずは透さんが、青桐姓から瓜生院姓にもどるため、『死後離縁』の許可を家裁にあおぎます。そのための書類です。ここに…」

山中の手続きの手順の説明を、透は小さく相槌《あいづち》をうちながら聞いた。

続きまして…、と山中は厚みのある書類を広げる。

「左京さんから遺言状についての不服申立てがありましたので、それについての内容をご説明いたします」

左京の不服申立てと聞き、まだ何か色々気に入らないことがあるのだろうかと、透は輪郭のはっきりした男の横顔へ遠慮がちに視線を移す。

「まずは遺言状に書かれた左京様への遺言分はそのほとんどを放棄されることをご希望ということで、お間違いないですか？」

放棄と聞いて、さらに透は驚く。この屋敷や、辰馬が所有していた様々な不動産、株券、多額の預金などはどうするつもりなのか。

「必要ないです、俺は自分ですでに十分食べていけるだけの稼ぎがありますから。母がいれば、すべて母のもとにやってほしかったが、今はその母もいないですし」

左京の答えははっきりしたものだった。

「ただ、若干の動産はご希望と…」

「ええ」

弁護士の問いに左京は頷くと、透を見た。

「さっき言っていた、古伊万里は俺の母親の形見だ。あと、いくつか。俺の母親が持ってきたものは、母の残した数少ない思い出の品でもある。こちらに譲って欲しい」

「それはもちろん…、私は…」

もともと自分のものだと思ったこともないと、透は首を横に振る。

「残りはお前の方で受け取ってくれ。お前の姉がいれば、やはり同条件でお前の姉に渡そうと思っていたものだ。お前にはそれだけの権利がある」

「いいえ、私はとても…。そんなにいただいても使い方もわかりませんし、無駄にするだけです」

そんなものをいきなり譲られると言われても、あまりに急な話でどうしていいかわからないと、透は首を横に振る。

第一、透は瓜生院の家に戻ると言っているのに、そんなものを受け取れるのかどうか、すぐには混乱して事情そのものもうまく呑み込めない。

「里の再興など、色んなことがあるだろう？　いつまでも瓜生染だけで食べていくのも厳しいだろうし、ずっと親父に振り回されて、ほとんど虐待にも近い扱いをされてきてるんだ。お前はそれだけのものを受け取ってもいいはずだ」

「…いえ」

左京に辰馬との関係を示唆され、透はとっさにそれ以上は何も言えなくなって、口ごもる。

やはりそういう扱いを受けてきたと左京の口で言われることに、羞恥と悲しみ、いたたまれない苦さなどが胸の内でせめぎ合い、どう弁解していいか、その弁解すらも無駄なのかと、消えてしまいたいような思いになったのは確かだった。

「…いえ」

何も言えなくて、ただ小さく首を横に振った透に、山中はこういった場に慣れているのか、冷静な声をかけてくる。

「今回の場合は、両者の言い分に争いがあるわけではありませんので、一度、お二人でこの件についてゆっくりお話になってみるのもいいかもしれませんよ。透さんも急な話で驚かれているとは思いますが、私個人としては透さんにとっても悪い話ではないと思いますし、無理筋な話でもありません。左京さんと話してみられて納得されたら、またここから先の話を進めてまいりましょう」

急ぎませんのでと山中は断り、書類を置いて帰っていった。

山中を玄関まで見送ったあと、左京は透を見下ろしてくる。

「じゃあ、今から少し話でもしにいくか？」

「今からですか？」

どこに行くつもりなのかと驚く透を置いて、左京はさっさと大原に声をかけにいく。

「大原さん、ご馳走《ちそう》様。じゃあ、出てくるから」

「はい、行ってらっしゃいませ」

大原が頭を下げるのに、左京は見送りはいいからと小さく手を挙げた。

玄関を出ると、左京は停《と》めてあったランドクルーザーのドアを開く。

乗るように促され、透は乗り慣れない大きな車の助手席に乗り込んだ。

左京と出かけることが思いもよらず、また車高の高い車に乗るのも初めてで、透は男の横でやや落ちつきなくシートベルトを握りしめる。

しかし、ほどなくそんな緊張など不要だとわかった。

車の助手席に乗せられたことなどほとんどないが、左京の運転そのものは危なげもなく、透にとってはずいぶん大きく思える車もやすやすと操っているように見えた。

「これは左京さんの車ですか？」

「いや、レンタカーだ。秘書に手配させて、空港からすぐに乗ってこれるようにしておいた」

左京は悪戯っぽい顔を見せる。

「山あいで携帯も通じない屋敷だと言ったせいで、どんな山奥の田舎だと思われたのかはしらないが、こんなご大層な四駆が用意されたんだ」

「空港なら、田端さんが迎えに行かれるんじゃ？」

あえて左京が運転するまでもないのではないかと、透は尋ねる。

「今日は休みだろう？　俺の母親の月命日だし」

「左京さんのお母さん？」

どうして田端が左京の母親の月命日に関係するのだろうと思ったところで、左京は横顔で小さく笑った。

「もともと、俺の母親の実家から運転手としてついてきたんだ。まぁ、母方の実家も、それ以上運転手として雇えなくなってたんだろうな。だが、俺の母親亡き後も、親父よりもまめに墓に足を運んでくれてる」

もしや、人目を憚《はばか》るような関係だったのだろうかと思った透の気持ちを見越したらしく、左京は違う、と首を横に振った。

「そういうのじゃないだろう。もっと律儀で、もっと…、なんていうのかな?」

左京には珍しく言葉を濁し、小さく肩をすくめる。

「俺の口から言うのもなんだが、あの二人に関してはもっと純粋な気持ちだったんじゃないだろうか。なんか、そういうのって、感覚的にわかるだろう? 俺だって確認したわけじゃないが、うちの母親にそんなやましい関係があったとは思えないし、そんな真似のできるタイプでもなかった」

「そうなんですか…」

「何かあったとしたら、もう少し俺の母親もましな表情をしてただろう」

それでも、そんな二人の関係を羨《うらや》ましいと思う自分は浅はかだろうかと、透は山あいを抜ける道を眺めた。

もともと過疎化で子供の数の少ない地方だった。高校までは通ったが、透自身が精神的に奥手だったせいもあってか、恋愛らしい恋愛もしないままにこの家にやってきた。

そして…、と透はかすかに唇を開く。

この五年間、あの家で自分の身の上に起きていたことは、今も思い返したくないし、記憶も停滞したように重く澱《よど》んでいる。

けして幸福だったとはいえない左京の母親と田端との淡い心の交流ですら、羨ましいと思う自分は…、とそこから透は放心状態になる。

「おい…、おい！」

何度か横から声をかけられたところで、透はようやく我に返った。

「大丈夫か？　気分でも悪いのか？」

左京は車を減速させ、ハザードを出して車を停めた。

「…いえ、少し考え事をしていて」

透はぼんやりと答える。どろりとした汚濁のような記憶の中に気分ごと沈んでいたように思ったが、その間に車はずいぶんな距離を来ていたらしい。

木々の間に海が見えていた。場所はよくわからない。

「たまにそういうことはあるのか？」

「そういうこと？」

「ああ、放心したままっていうか…、ぼんやりしているうちに時間が過ぎてるような時だ」

透はしばらく考えてみるが、考えたところで濁った記憶からは何も見つけられないし、見つける気力もなかった。

「お前も色々疲れてるんだろう、そういう時もある」

左京の手がポンと透の肩を叩き、再び車を発進させる。

「…海が近いんですか？」

それだと青桐邸から一時間以上は走ったことになるのだろうかと、透は木々の間に見える青い海へと目を凝らす。

天気がいいせいか、青い海は陽射《ひざ》しを受けてキラキラときらめいている。

海をこれまでほとんど見たことのない透は、思わずその景色に見入ってしまう。

「窓を開けてもいいぞ。風が入れば、少し気分も楽になるだろう」

胸が重く塞いでいたのは車酔いのせいではないが、左京が勧めてくれるので窓を半ばまで開けてみる。

風が心地よく髪を揺らすのに、透は目を細めた。

今日は左京があまりにもやさしくて、何か勘違いしてしまいそうになる。

しかし、本来は左京が資産をほとんど相続放棄する件について話すためにここに連れてこられたのだったと、透は車を走らせる男を見た。

「あの屋敷は、やはり左京さんがお継ぎになるものです」

透の声に、男はちらりと視線を動かした。

「姉の不始末を許していただけるのなら、私はもう実家に戻りますから…」

「お前、さっき、ちゃんと俺の話を聞いてたのか？」

左京は低く笑う。

「俺はもう、十分自分で稼いでいる。親父の作った金に興味はないし、それは本来ならお前の姉に行くものだった。だが、お前の姉があそこから必死の思いで逃げ出したのもわかるし、逃がせるものなら、俺の母親だってあの家から連れ出してやりたかった。昔の俺にはそれだけの力もなかったが…、それでもやっぱり、なんとかしてやることはできなかったものかと今も思う」

苦さの滲む声に、左京が母を心から悼んでいることがわかる。

「お母様が亡くなった時、左京さんはおいくつだったんですか？」

「二十一だな、まだ大学生だった」

左京は短く答える。無力感からなのか、後悔なのか、それ以上詳しくは話したくなさそうだった。

「ずいぶん早くに…」

「そうだな、生きたいっていう強い気力もなかったんだろう。あの時、俺に今ぐらいの力があればっていうのは、今もたまに思う」

「左京さんはやさしい…」

それればかりは本当にそう思って、透は小さく笑った。

「担いだって、何にも出ないぞ」

ハンドルを切る左京も小さく笑った。天気や眺めがいいせいだろうか、機嫌もいいようだ。

最初はその身にまとった覇気を恐ろしくも思ったが、口調は乱暴でも、この男は強くてやさしい。無理にねじ伏せられた時には情けなく辛かったが、それでも最後は左京の腕の中で信じられないほどに強い快感をもらった。

言葉で透を辱めても、愛撫はどこまでもやさしかった。

もう少し早く会えていれば…、と思いかけて、透はそんな可能性は欠片《かけら》もなかったことを思い出す。辰馬がいる限りは、左京はあの屋敷に戻ってこなかったし、姉の後釜として連れてこられた透に対する気持ちは、どこまでも苦々しいものでしかなかっただろう。

ただ、やはりもっと早くに会えていればと思わずにはいられない。そうすれば、あの屋敷であっても、左京の母親と田端のように、左京と会える日を心の支えにこれまで過ごしてこれたかもしれないのに、と透は儚い夢を見る。

　同性相手に、しかも左京のように相手に不自由もなさそうな男に、こんな想いを抱くこと自体、あまりに馬鹿馬鹿しいことだとわかってはいるが…、と透は目を伏せた。

　車がカーブを曲がったところで、真っ白な壁に青い丸屋根を持つ、しゃれた建造物群が見えた。まるで遠い異国の街のようだと、透は目を大きく見開く。

「…あれは？」

「あそこで食事にしようと思う」

「レストラン…、ですか？」

　だからこそ、もう少しましな服はないかと尋ねられたのかと、透は急にデニムに紺のシャツという自分の姿が恥ずかしくなる。

「ホテルだ。リゾートホテルで、地中海風に作ってあるらしい」

　壁は白い漆喰塗りなのだと左京は言ったが、鮮やかな初夏の陽射しを浴びた壁が白く輝き、青い海に鮮やかに映える。

「すごく…、素敵ですね」

　月並みな言葉しか浮かばなかったが、これまでこんな夢のような場所に来たことはないと透は微笑む。

「俺も来るのは初めてだが、確かに悪くないと思う」

これで飯が美味ければ当たりだな…、と左京は笑いながら車を真っ白なホテルのエントランスへと着けた。

「何を食べる？　フルコースの他に、ギリシャ風ステーキなんかもあるらしいぞ」

「私は、こんな店に来たことがないので…、食べ方もよくわからないですし…」

いきなり海外に連れてこられたようで、今になって気後れして透は口ごもる。

「こんなところに来てる人間が、まわりの人間の食べ方なんかいちいち気にしてるもんか。ちゃんと席で飯を食ってれば、別に誰もマナーがなっていないなんて言わない」

左京は透の腕をつかみ、ホテルのロビーからレストランの方へと連れてゆく。

「それに俺が一緒にいるだろう？」

その言葉にどれほどの意味があるのかと、透は半ばどぎまぎしながら長身の男に腕を取られたまま歩く。左京にとっては、困れば教えてやる程度の軽い意味なのかもしれないが、それだけのことが妙に嬉しかった。

そこはレストランそのものが独立した一棟になっているらしい。目も覚めるようなブルーのドアを持った、白い漆喰塗りの建物へと左京はさっさと入ってゆく。

ちょうどランチタイムになるせいか、それとも有名なリゾートホテルなのか、平日の周囲には何もない海辺だというのに、すでに何組もの客が入っている。

左京はあらかじめ予約を入れてあったらしく、名前を告げるとすぐに店員が外の海が望めるテラス席へと案内してくれた。

テーブルの上には生成りのパラソルが広げられ、陽射しを遮ってくれる。海からの潮風が心地よく、透は席についてもしばらくは弾んだ気分で海や美しい建物を眺めた。

しかし、何よりも目の前に左京がおだやかな表情で座っていることが、この気持ちが弾む一番の理由だろう。

左京は運ばれてきたメニューを眺め、目を細める。

「さて、ギリシャ風ステーキは夕飯にとっておいて、今はランチでいいのか？」

「夕飯？」

夕飯もここで食べるつもりなのかと驚く透に、左京は笑うだけで何も答えない。

「ここのシェフはもともとは東京のイタリア料理店にいて、そのあと、イタリアに渡って修業してきたらしい。値段はそれなりだが、今のところ評判はいい」

「そうなんですか？」

もともと華やかな場所とは縁のない透は、メニューの見方もよくわからない。青桐家の食事は食材などは豪華だったが、基本的には和食中心の家庭料理だったし、実家の食事はもっと質素なものだった。イタリア料理そのものが、透にとっては初めてだった。

「シェフお勧めのコースでいいか？　アンティパストっていうのが前菜で、その前に突き出しにちかい少量の一品が出る。そのあとにくるのがパスタだ」

左京は面倒がる様子もなく、メニューの見方をひとつずつ説明してくれる。

料理の内容をひと通り説明されると、最初は場に慣れなかった透も徐々に落ち着いてくる。周囲のテラス席の客が皆、のんびりと楽しげなのも幸いした。

運ばれてくる料理は左京の言葉通り、ひとつひとつがどれもずいぶん繊細で、海の幸をふんだんに用いた、目にも美しいものだった。

見るのも口にするのも初めての料理ばかりだったが、どれも美味しいと思った。話もさほどうまくはないが、これまでの生い立ちに加えて、瓜生染の細かな製法などといった話題を左京の方から振ってくれるため、さほど話につまることもなかった。

「どうだった？」

食後のジェラートを前に、左京はずいぶん楽しげに尋ねてくる。

「どれも美味しくて…、見たことがないぐらいに綺麗なお料理ばかりでしたし」

左京にひと口分けてもらった白ワインで酔ったわけではないだろうが、景色もよくて時間も忘れそうだったと、透はうっすら頬を染める。

カトラリーの使い方も、左京が少しずつ教えてくれるので困ることもなかったし、気分がずいぶん

高揚している。

「本当に楽しかったです」

　これまで生きてきた中で一番幸せなひとときだったかもしれないと、透は微笑んだ。

「よかった、なら、わざわざ来た甲斐があったな」

　左京も満足げな顔を見せる。最初は車で一時間程度の場所だと思ったが、青桐邸からは二時間ほど車を走らせた隣県らしい。

「少しゆっくりしていくか？」

　尋ねられ、透は場所を変えてお茶でもするのだろうかと頷く。食事中に左京の東京での生活などについてはいくらか話してもらったが、肝心の遺産相続の話はまだしていない。

「ちょっと待ってろ」

　左京は立ち上がると、ルームキーを手に戻ってきた。

「部屋はどうなっているのか、見てみたいだろう？」

　促されて、透は左京と共にレストランを出た。

「今の食事のお支払いは？」

　真っ白な漆喰の建物の間を通りながら尋ねる透に、ホテル内部の地図を見ながら左京は横顔で答える。

「ああ、あとでまとめてする」

そんなに簡単に部屋の見学ができるのだろうかと思いつつ、世事に疎い自覚のある透は長身の男と肩を並べた。

斜面に建つホテルは、さっき透が異国の街のようだと思ったように、それぞれの部屋が独立した建物になっているらしい。左京の手にした案内図を片手に、白い壁と石畳みの通路を歩き、階段を下りる。

そんな些細なことなのに、まったく知らない街を二人で歩いているようで嬉しいと、透はそっと左京の手にした案内図を覗き見た。

「一度で覚えられるかな？　けっこう、込みいってる」

左京は複雑な構造も楽しんでいるようで、通路の曲がり角、階段の上のテラスの眺めで時折足を止めながら微笑んだ。

「レストランで食事すれば、中の見学もできるんですね」

このホテルの構造や全体的な美しさそのものがひとつの売りなのかと、透はそんな左京と共にさっきのレストランとは見え方の変わった建物や海を眺めながら尋ねた。

「いや」

左京はしばらく透を眺めたあと、声を上げて笑った。

「純粋培養も、そこまで行けば可愛いもんだな」

そんなに世の中甘くないだろうとからかわれ、透は頬まで朱に染める。

「すみません、常識がなくて」

「いや、違うな」

左京は笑み混じりの目で透を眺めると、まだ赤く染まった透の首筋にそっと触れてくる。そこがまたじわりと熱を帯びたようで、透は必死に目を伏せた。

「さっきのは俺の言い方が悪かったんだ。気をつけろ、ああいう言いまわしで誘う男には、決まって下心がある」

「下心…」

左京に背を押されて、さらに建物に沿ったゆるやかな階段を下りながら、透は低く喘ぐ。

「そうだ、だから部屋を見たいか、なんて言う男には絶対についていくな」

「あ…」

今さらながら、自分がどれだけ頭の悪い真似をしているのかと、透は口許をおおう。

これまでの経緯が経緯だ。

きっと左京にも、どれだけ尻と頭の軽い男だと思われていることだろう。

「俺以外にはな」

ルームキーを手にした左京は、そんな透の手を引き、階段の最後の段を下りた。

「プールだ」

ほら、と指さされ、必死な思いでそちらへと顔を振り向けると、青く澄んだ水をたたえたプールが目の前にある。

プールサイドにはデッキチェアが並べられ、白い手すりの向こうには深いブルーの海が広がっていた。

「あ…、綺麗…」

とても綺麗な場所、夢のような場所だと、一瞬、透は立ちつくす。

自分の想像したこともない素敵な場所、時を忘れられるような幸せな場所が、この世の中にはあるのだと、透はしばらくその眺めに見入る。

「あとで泳いでもいい」

まだ少し寒いかな、と男は部屋のドアを開きながら言った。

「ここは…」

「そう、プールの真ん前の部屋だ。いいロケーションだろう？」

左京はグイと透の腕をつかみ、開けたドアの中へと透の身体を押し入れる。

鮮やかな青のドアの中には、また白い漆喰で塗られた部屋があった。細長い部屋の天井は丸くアーチを描いており、白い洞窟のようにも見える。

奥行きのある部屋なのに、窓からの光を白く反射する漆喰壁のせいか、部屋はずいぶん明るかった。

部屋全体は落ち着いたウッドベースとアイアン製の家具が置かれ、奥行きのある部屋の一番奥まった場所に白いシーツの掛かった、広いベッドがある。

明るくて清潔感もあり、とても素敵な部屋だが…、と左京によって後ろ手にドアを閉められた透は、再びうっすらと頬を染める。

さっき、左京の言った下心といい、広いとはいえ、部屋にひとつきりのベッドといい、ここで左京が透との間に示唆していることは、あまりにも明確だろう。

こんな場所へのこのこと連れられてやってくる自分は、どれだけ頭の弱い人間だと思われているのかと考えると、情けない。

そして、情けないと同時に、これからここで起こることに胸躍らせている自分もいる。

「…ぁ」

部屋を入ったところで固まってしまった透に、左京は少し困ったように笑いかけてくる。

「なんて顔をしてるんだ」

どんな顔をしているのか、自分ではよくわからない。わからないが、頬はおろか耳許まで熱くて、胸が激しく動悸打つのがわかる。

「あ…」

腕が取られ、左京と向かい合う形で腰を抱き寄せられる。

「だまし討ちで、悪かったな。ちゃんと、お前を抱きたいって言えばよかったか？」

「…私を？」

抱き寄せられ、ぴったりと身体が合わさることに驚きながら、透は自分の下心も見透かされていることに喘ぐ。

「そうだ、お前を…」

ささやく男の唇が、ゆっくりと透の唇を奪う。

「ん…」

最後に飲んだコーヒーの香りをまとった口づけに、透はすぐに夢中になった。

甘く舌先を吸い上げられ、厚みのある男の舌に口腔を深くまさぐられると、それだけで身体が蕩けたようになる。

キスを重ねるたびに身体から力が抜け、やがて身体を支えきれなくなった透は、入り口近いソファーに崩れ込むようにして、なおも深く左京と唇を重ねた。

「んぁ…」

舌を絡めて唾液を吸いあう、こんなやさしいキスは誰ともしたことがない。シャツ越し、身体のラインをまさぐられ、透はおずおずと左京の首から肩へと腕をまわした。

飲み込みきれずに唇の端からこぼれる唾液を、なおも舌先で舐め取られると、身体中がボウッと熱を帯びたようになる。

「身体を洗ってやる」

襟許のネクタイを抜きながら左京に低い声でささやかれると、その強引な要求にもかかわらず、抗えなかった。

抗えず、奥行きのある部屋の半ばのバスルームに連れ込まれ、そこで初めて透は身体を洗ってもらうという場所がどんなところなのかを知る。

見たこともない大型の変形浴槽は、ガラス張りのバスルームの中にあった。洗い場は大理石で、ガラスボールを備えた洗面台も清潔感があるが、壁がガラスであることに抵抗がある。

「こんな…、あ…」

何もかもが丸見えではないかと、今になって透は慌てる。

「どうせ身体を洗うのに、裸にならないわけにいかないんだ。今さら、何を」

左京は笑いながらお湯を張り、かたわらの液体の入浴剤を浴槽の中に入れると、透のシャツを剝がしてゆく。

「でも…」

下着ごと、デニムも引き下ろされる透は、身体を腕で隠そうとする。

「俺はもう、お前の身体で知らない場所はないんだがな」

左京はからかい、自分も無造作に服を脱ぎ捨ててゆく。

左京のように体幹のしっかりとした、肩まわりに厚みのある身体なら裸になっても恥ずかしくはないだろうが、透はけして体格に恵まれているとは言いがたい。

「ここには、俺とお前の二人きりだ。誰も見ていない」

シャワーを手にした男に壁際に追いつめられ、身体に湯を当てられてようやく透は観念した。確かにここでは誰も、透が乱れるのを見ているわけではない。

首筋から薄い胸許、そして局部と湯をかけられ、丁寧に洗われると逆に男の手を強く意識した。透の両脚の間を丹念に撫でた男の手は、やがて思わせぶりな動きを見せはじめた。

「左京さん…」

じんわりと性器の形を指の腹で撫で上げる男に、煙る湯気の中で透は小さく喘ぐ。

「俺のものも、握れ」

低く命じられ、透はおずおずと自分よりもはるかに質量のある左京のものへと手を伸ばした。

「丁寧に洗えよ」

自身も掛かり湯をしながら、左京は何でもないことのように命じる。

「はい」

左京を握りしめる透は、やんわりと形を変えはじめた男を丹念に洗い、さらにはその後ろのずっしりとした重さのある袋まで指先で支え、洗った。

その間に、透自身も男の手によってゆるゆると愛撫される。

途中、何度かキスを重ね、さらには抱き寄せられて、尻を割られ、その間《あわい》をやんわりと撫で上げられる。

ふいにゴウッ、とかたわらで大きな音がして透は目を見張った。

浴槽の中で勢いよくお湯が噴出し、さっき入浴剤を入れた湯船の中にたちまち白く細かな泡が立ちはじめる。

まるで映画の中のようだと目を見張る透に、左京は透の身体を泡立つ湯船の方へと押しやりながら説明する。

「ジャグジーっていうんだ」

押されるままに湯船の中に脚を入れると、かなりの勢いでジェット噴流が出ている。身体に当てると心地よく、そのまわりで肌理細かな泡がみるみる積み上がってゆく。

「気に入ったか？」

「ええ、初めてです」

「家の風呂に入れてもいいな」

左京は泡の中でも透とぴったりと身体を重ね合わせ、重なる泡で透の身体のラインをなぞりながらささやく。

まだ日の高い日中から何をしているのかと思いながらも、透はお湯の心地よさもあって、やわらかく身体をすべる男の手に身を任せてしまう。

「オッパイが好きだって言ったな？」

浅いピンク色の乳首を軽くつままれ、透は小さく呻いた。

「あ…」

クリクリと乳頭を弄られると、その心地よさと連動するように下腹が頭を持ち上げてくる。

「しゃぶりつきたくなるような可愛い色なのに、すぐにこうして…」

男の手によってぽってりと腫れた乳頭を、指先でなおもいじめられる。

「卑猥な形になる」

確かに男の指の間でよじれる乳頭は、赤い茱萸のように膨れ、ツンと伸び上がっている。

「あっ、あっ…」

石鹼のぬめりでその固くしこった乳頭を何度も揉み込まれると、もっと強い刺激が欲しくなる。

「左京さ…っ」

「うん？」

透の期待を知っているだろうに、男はただ指先でやんわりと透の乳首を嬲るだけだ。

「あっ…、して…」

「どうして欲しい？　この間は素直に言えただろう？」

「あっ、あっ…！」

身体をヒクつかせ、身を揉む透の下肢にすでに熱く昂った男のモノが触れる。

「あっ、左京さ…」

こんなに大きくしているのに…、と透は自分からその男のモノに、同じように硬起したペニスをこすりつける。

「あ、お願い…」

だが、まだ誘いも未熟なのだろう。左京にあえなく腰をずらされ、透はなおも泡の中で腰を男のモノにすりつけようとする。

「このイヤらしいオッパイをどうして欲しいか、先に言えよ」

「ぁ…」

耳朶を嚙まれると共に、低い声でささやきこまれ、透はなおも喘いだ。

「う…んっ」

乳頭を揉む左京の指使いが、徐々に焦らすように緩慢なものとなる。

「お願い…、舐めてくださ…ぃ」

「どこをだ？」

「あっ、ち…」

言いかけて、透は羞恥に唇を噛む。

「この間は、もっと素直に色々ねだってたぞ」

「ああ、でも…」

あの時は…、と透は薬のせいで、猥《みだ》りがわしい言葉を立て続けに吐いた自分に赤面する。

薬を用いた時の辰馬や牛岡との関係はほとんど記憶にないのに、左京に慰めてもらった時のことは、かなり鮮明に頭に残っている。

よくもあんな淫らな言葉を次々と吐けたものだと、とても言えないと、透は唇を震わせた。

「言えないなら、ずっとこのままだ。一時間でも、二時間でも…」

セットしていた髪を乱した男は、ゾッとするような甘さで笑う。

「あっ…、お願い…」

男の手に指を添えて、ゆるゆると撫でられている乳頭をつまもうとしてみても、大きな手で胸許を隠すようにして阻まれる。

「んぅ…っ」

透に乳首への自慰をさせまいとしてか、左京は唇をあわせてきた。

「んむっ」

甘く口腔を吸われると、なおのこと指先で軽く触れられる程度の乳首への刺激が欲しくなる。

「言えよ」

透の唇をキスの合間にぺろりと舐め、左京は乱れた髪の間から命じた。

「なんて言えば…」

「なんて言いたい？　俺をその気にさせる言葉だ」

「胸を…吸ってください」

透は自分から男の手に膨らんだ胸許を押しつけるようにしながら、ささやいた。

再度、左京と触れあわせようとした下肢もまたやんわりとずらされ、固い男の太腿にゆらゆらと腫れ上がった性器の先端が触れるだけだ。

「胸って、ここか？」

左京の指は、意地悪く鎖骨の下あたりを撫でる。

「あっ、ちが…。乳首です」

「乳首をどうして欲しい」

「乳首を、舐めて…」

震える声でせがむと、左京はご褒美だとばかりにやさしいキスをくれ、キュッと指の間で乳頭を強めにつまむ。

「ぁん…」

「いい子だ、もう一度言え」

透は低く喘ぐ。左京に命じられると、もうどうなってもいいような気がした。

「…乳首、舐めてください」

「舐めるって、こうか？」

男は身をかがめ、厚みのある舌先でヌラリと鋭敏になった乳首の先端を舐め上げる。

ヒャッ、とも、ヒッ…ともつかない悲鳴が、透の口から洩れる。

「うん…、そこ、吸ってくださ…っ」

「そうだ、素直に言えばいい」

「あんっ、あっ」

浴槽の縁に背を預け、透は胸許を吸う男の頭を抱え、喘ぎ続ける。昂ぶったものには、固く硬起した左京のずっしりと重みのある性器が押しつけられ、まるでご褒美のように透自身とこすり合わされる。

「そのうち、乳首だけでイケるようになりそうだな」

透の乳首を厚ぼったい舌先で強くくじりながら、男がからかう。

その間ももう片方の乳首は巧みにつままれ、絶妙な加減で揉み上げられる。胸許からゾクゾクと甘い痺れが走り、湯の中で男の身体を割り入れられた下肢までが震えた。

「ああっ、あっ…、意地悪しないで」

気持ちいい、と透は喘いだ。恥ずかしくても素直に快感を口にすれば、左京がそれをすくい上げてくれるのがわかる。

「このぽってり膨れた胸もいいがな、次はこっちだ」

左京は開いた透の両脚の間に手をするりと忍ばせ、湯の中で際どい箇所を撫で上げる。ジャグジーのスイッチが切られ、男の声、そして透の声が明るいバスルームにはっきりと響く。

「あ…」

そこもかと、あえかな窄まりを期待にヒクつかせる透の尻を、男は湯の中で軽く叩いた。

「壁に手をついて、尻をこっちに向けろ」

それでは何もかもが丸見えになると息を呑む透に、左京は透の臀部を下から押し上げるようにしながらなおも命じた。

「さぁ、全部俺に見せろ」

「ぁ…」

今の透が左京に抗えるわけがないことを知っていて命じているのだろう。

「恥ずかしい…」

壁に手をついたものの、ためらう透の尻の丸みを、左京は湯の中で身を起こしながら撫で上げる。

「何言ってる？　俺はもう、お前がここに根元までズッポリ俺を咥え込んで、泣きながら腰を使うところも見てるんだ。潤滑剤が泡立って、白くなるまで腰を振ってたな？」

「あれは…、あぁ…」

違うと言ってみても、背後から犯されて散々に悦びの声を上げたのも確かだと、透はためらいながら肉薄い尻を男の前に差し出す。

夜とは違って、明るい昼間からこんな情事に耽《ふけ》っている自分が恥ずかしい。

太腿の内側をひたひたと満たすお湯に、自分の取る卑猥な姿勢が意識される。

「あいかわらず、綺麗な色だな。浅蘇芳っていうのか？」

左京は満足げに透の尻を割り、何度もゆっくりと入り口を丸く撫でる。

「ぁ…」

自分の排泄器官が、どんな色をしているのかは知らない。ただ、見られることによって、前もはしたなく反応して震え、先端から透明な雫を垂らしているのは間違いなかった。

「ん…ぁ…」

左京の指が何度も思わせぶりに丸を描いたあと、入浴剤の泡のすべりを借りて、左右に窄まりを広げる。

「あっ…」

押し広げられた粘膜の内側を、左京の親指だろうか、さっきよりも太くしっかりした指先がゆるゆると撫でてくる。

「ぁ…、だめ…」

お尻…、と透は喘ぐ。

「きれいにしてやるって、言っただろう？」

「あ…、でも…」

肌理細かな入浴剤の泡の潤いのせいだろう、押し広げられた箇所にヌルヌルっと左京の指が出入りする。

「ひぁ…っ」

痛みや違和感よりも、その抽挿による快感に、透は全身を甘く震わせた。

「あっ…、あーっ、あっ」

「こっちの味も、すっかり覚えたな」

「うん…っ、ちが…、あっ、内側ダメっ！」

そんなにされたら…、と透は大理石のひんやりとした壁に縋りながら、男の指に犯されている腰をくねらせる。

「んっ…、あっ…、だめ…」

二本なのか、それとも三本か…、思った以上にすべる入浴剤の泡と共に、左京の指が我が物顔に透の内側をまさぐり、刺激してくる。

薄い下腹が、男の指によってもたらされる快感に細かく震えているのが自分でもわかる。

「ああ、いい具合に喰いついてくるのが、お前にもわかるだろう？」

欲情に濡れた男の声に、透は力なく首を横に振る。

しかし、内部を犯していた指がヌルリと抜き取られると、逆に小さく悲鳴が漏れた。

「ぁ…っ」

心許なさから、貪欲な粘膜がヒクついたのが背後の男にもわかったのだろう。

低めた笑いと共に、透の手を壁に留めつけた男の手が下がり、無防備な背中を舌先と共に降りてゆく。

「あ…、ぁ…」

背中をちろちろと細かく舐めおろされ、さっきまでとはまた違った妖しい刺激に透は背筋を震わせた。

「あ…」

その舌先が腰の付け根のあたりを這い、次はどこかと期待に身体を震わせた時、再度、ぐいと腰を持ち上げられる。

「あぅ…っん…っ」

熱く濡れた舌先を粘膜の中に押し入れられ、透は思わず濡れた声を洩らしていた。

「ああっ、ダメ、ダメっ」

強烈な快感に腰をくねらせながらも、透は哀願する。

「やめて、汚…っ、そんなところ」

指で割り広げられた粘膜に、男の舌先がヌルヌルと入り込んでくる。思わず頭の中が白くなるほどの強烈な刺激だった。

「ああっ、お願…っ、汚いっ」

懸命に逃げたところで、男が顔を上げる。舌の代わりに入り込んできたのは、さっきまで透の内側をまさぐっていた左京の指だった。

「はっ…、あっ」

「だから、きれいにしてやったし」

舌の次には、再度指で透を煩悶させながら男は透の腰を深く抱く。

「俺は気に入った相手とのオーラルセックスには、抵抗がないんだ」

そういえば、最初から左京は透のものを口に含んでくれたと、日本酒に濡れた脚の間を吸われたことを思い出して、透は頬を染める。

あれは透とのセックスに抵抗がなかったからだと考えていいのだろうか。そして、今も気に入られていると…。

「お前も、ここを舐められるのが嫌じゃないんだろう？」

再度、ヌルリと透の中から揃えた指が出てゆき、再び尻を背後に突き出すような姿勢をとらされ、男が後ろへとかがみ込む。

「あっ、だめ…、ダメなのに…っ」

射精とは直結しない異様な感覚に、唇の端から飲み込みきれない唾液がこぼれる。

直結はしないが、あまりの快感に身体が脱力したまま跳ね、震え続ける。触れられない性器からは、透明な雫が細くこぼれ続けている。

逃げようとする腰を強い力で捉えられたまま、敏感な粘膜を押し広げられ、丹念に舐めほぐされる。その度に腰がビクビクと跳ね、慎みのない甘ったるい声がこぼれた。

「あぅっ…、いやぁ…」

散々に煩悶させられ、ようやく解放された時には、未知の快楽に腰から下が瘧《おこり》のように細かく震えてしまっていた。

壁に額をこすりつけ、荒い息をつく透の背後から覆いかぶさりながら、左京が尋ねてくる。

「尻を舐められて感じるのは、抵抗があるか？」

もう抗う気力もない透の腰を抱き、太腿の間に硬く勃ち上がったものをねじ入れる男に、息を整えるだけでもう返事をすることもできない。

「次もこうやって舐めてやる」

次…、次もあるのだと思うと、勝手に頭の方が喜びを覚え、頷いてしまっていた。

湯船の中に膝をつき、浴室の壁に押しつけられる形で、舐め蕩かされ、ぬかるんだ箇所に熱い強張りが押しつけられる。

「ぁ…」

ヌックリと男の先端が沈み込んでくる。

待ち焦がれたその質量に透はかすかな声を上げ、一番最初の重苦しい感覚に耐える。

だが、すぐにその感覚は熱くぬかるんだ粘膜を押し広げられ、満たされる快感へととってかわる。

「あ…、左京さ…」

譫言のように勝手に唇が男の名を呼ぶ。

「やっぱりキツいな…」

左京が透の腰を捉え直しながら、満足げに呟く。

「は…」

何度か腰を前後され、もっとも深く男が沈み込む角度へと姿勢を変えられる。

「ぁ…」

深い箇所にコツコツとあたる気がすると、透は快感と湯気とに滲んだ頭の中で思った。

深すぎて、さっきまでとは違って声も満足に出ない。ただ、喘ぎに似た声が喉奥から漏れるばかりだった。

男の腰が揺れるにつれ、透の身体もあえなく揺れる。

「んぅ…、深…」

あぁ…、と透は壁に縋り、男に預けたままの細腰を震わせた。

「すごいな、絡みついてくる」

左京は満足げに透の身体を引き寄せ、なおも腰をゆらめかせる。

深く貫かれ、透は白い四肢をヒクつかせた。甘い痺れが腹の内を満たし、身体がいうことをきかない。

「ぁ…、イイ…」

左京さん、左京さん…、と譫言のように洩らしながら、透は湯船の中で何度も白い背を快感に攣らせた。

「ぁ…、あ…」

白く明るい部屋の奥に据えられたベッドの上で、左京の逞しい身体の上に跨った透は腰を不器用に揺らし続ける。

左京の持ち込んだ潤滑剤がヌラヌラと溶け出して、つながりあった箇所から溢れだしているのがわかる。

「そうだ、腰から下だけ使え」

まだ慣れない腰使いを楽しむように、ベッドの上に身を横たえた左京は、透の腰を下から支えて命じた。

「あ…、まだ…、ぁ…、ぁ…」

バスルームで透の内奥にたっぷりと射精したにもかかわらず、まったく疲れた様子を見せない男に、透はいいように貪られている。

潤滑剤と共に、再び先端からこぼれた蜜が透の薄い下萌えをぺったりと下腹に貼りつかせて、正視しがたいいやらしい眺めを作っていた。

「こう、だ」

透の腰をつかんだ男は、跨った青年を下から揺すり上げ、突き上げる。

「んっ…、ぁ…」

さっきまでとは違う箇所を突かれ、透はまだ知らなかった新しい快感に喘いだ。

「あっ、そこっ、そこっ」

上擦った声が、考えるよりも先に男に感じる箇所を訴える。

「ここか?」

強引なようでも、左京は透の感じる箇所を巧みに突いてくれる。

「んぁっ、あっ…」

思わずそれにあわせて腰をくねらせ、透は薄い胸を反らせた。

左京が低く笑い、横たえていた上半身を起こしてくる。

グイ、と腰を引き寄せられた透は、また深い箇所に膨れ上がった男根を突き入れられて喘ぐ。

「あっ…」

左京は不安定に揺れる透の身体を抱いたまま、薄い胸許に口づけた。

もう弾けそうなほどに赤く充血した乳頭を甘嚙みされ、透は泣き声を上げる。

「いや、もう…、もうっ…」

「まだだ」

今日、二度目の極みを迎えようとした生殖器を男の手によって無造作に握られ、透は左京の腕の中で身悶えた。

「イカせて…、お願い…」

啜り泣く透の身体を、今度はベッドの上に横たえるようにしながら、左京は汗に濡れた髪を撫でてくる。

たっぷりと施された潤滑剤のおかげで、男を吞み込む角度が変わっても苦しくはない。

「俺はもっと、お前と…」

低い声で何かを言われたが、片脚を左京の肩に大きく担ぎ上げられた透は、さらに深い場所を穿たれ、その言葉をうまく聞き取ることができなかった。

「んぅ…っ」

ベッドの上に身体を横たえた姿勢のまま、透はまた新たな角度で左京に貫かれる。

「あっ、あっ…」

断続的に腰の浅い箇所を何度も突かれ、透は短い声を上げ続ける。

ジュプジュプという淫らな音がつながりあった箇所から聞こえて、さっきまでとは異なる、腰が浮き上がるような快感が起こる。

「あっ、ああっ」

左京のものをもっと深く受け入れようとするかのように、腰が勝手にグラインドする。

「左京さん…、左京さっ」

シーツをつかみ、男の名前を切れ切れに呼びながら、透は昼中の情事に耽った。


翌朝、ホテルを出て左京の車に乗る時も、透はまだぼうっとしたままだった。

昨日の夜、左京の腕の中で眠ったことも、その一因かもしれない。あまりの疲れからそのまま深い眠りに落ちたが、朝、目覚めた時にはかたわらで眠る男の顔を見て、ずいぶん満ち足りた想いになった。

だが、レストランで朝食を取る頃には、徐々にまた現実が意識されてくる。

また、いとも簡単に左京の前で脚を開き、乱れた自分はどれだけ安っぽい人間に見えるのだろうかと思うと、辰馬の時とはまたまったく異なったやるせない痛みと苦しさを覚える。

こういうドライな関係には慣れているのか、左京の方はいたって平静な顔なのが、また透にとっては辛かった。

　車を発進させながら、左京は尋ねてくる。

「あのホテル、どう思った？」

　質問の意図があまりよくわからず、透は少し考えて答える。

「素敵でした」

「それだけか？」

「いいえ、また機会があれば来てみたいです…。景色も綺麗で…」

　声の曇りがちな透をどう思ったのか、左京は腕を伸ばし、ポンポンと透の頭を撫でた。

「なぁ、ああいうホテルを作り上げてみるのはどうだ？」

「作る？」

　とっさに言われた意味がわからず、透は尋ね返してしまう。

「ああ、作るんだ。その参考のために、ここに連れてきた」

　左京の言葉に、透はサイドミラーの中に小さくなってゆくホテルを見た。

「青桐家の資産を手にしても、使い道がわからないと言ったな？」

「はい、それは…」

実際、瓜生の里は助かるのだろうなとは思っても、具体的にその巨額の資産を運用する方法など、透には畑違いで見当もつかない。ただただ、これから先、残されたものを食いつぶしていく以外に思いつかなかった。

「俺は、お前の里がもう少し条件のいい場所に移ったとしても、今までのようなやり方をしているだけでは、これから先、瓜生染一本だけで食べていくのは厳しいと思う」

「それは確かに…」

透も言いよどむ。しかし、透や里の者には、そこから先の手の広げ方がわからない。

「瓜生染は稀少とはいえ、まだ他にも日本の各地に名の通った染め物はあるし、瓜生染ほどの価値はないのに、ネームバリューで瓜生染よりもはるかに高く売れてるところもある」

これまでの里のやり方が悪いと責められているのかと、透は目を伏せる。

「だから、瓜生染は瓜生染のままで作り続ければいい。ただ、それと抱き合わせでこの土地を全国的に名の通った場所にしてやりたい」

「名の通った場所？」

「ああ、瓜生染でも広く知られた場所にするっていう意味だ」

さっきのホテルは地中海を思わせる徹底したデザインとスタイルで、全国的にも名の通ったリゾートホテルなのだと左京は言った。

「大原さんや田端さんらの話を聞いていても、青桐の家の周辺は廃れる一方に思う。駅前の商店街は半分は閉まっていて、働きたくてもまともな就職口もない。働き場所がなければ、仕事口を求めて若い人間が皆、街に出ていくのは当たり前だし、親父のような人間の元でも勤めてくれる人間がいたのは、選ぶほどに就職口がなかったせいだ」

「それは確かに…」

地元の過疎化を知る透は頷く。

「だから、就職口がなければ作ればいいと言ってるんだ。就職口ができれば、そこで勤める人間相手の商店もできてくる。少しは人も増える。田舎だ田舎だ、人がいないと嘆いてるばかりじゃ、人は来ない」

いとも簡単そうに説明する男に、透は目を見張る。これが辰馬の力に頼らず企業を立ち上げて成功させた男の考え方、バイタリティーなのだろうか。

左京は海に張り出した展望台のような場所で車を寄せると、後部座席に置いてあった鞄からファイルを取りだし、透に手渡してくる。

「ほら」

何かと思って見てみると、リゾートホテルの計画書だった。

「一応、それなりに実績のある部署に計画を立てさせた」

開いてみると、青桐家の土地の中にある川縁に建てる予定の長期滞在型のリゾートホテルの試案だった。

「さっきのホテルと違って、海がない代わりに川瀬を整備して水辺に遊び場を作る。さらには温泉を掘り抜いて、スパなんかも併設したらどうかと思ってる。そうすれば、あそこと丸かぶりもしない」

「さっきのホテルと、お客さんの食い合いにはなりませんか？」

「食い合いというには、少し離れてる。むしろ、あそこに寄った客が足を伸ばす、あるいはこっちの温泉を楽しんだあとに向こうに足を伸ばすぐらいの相乗効果を見込めればいいと思ってる」

左京は楽しげに計画を話すが、この男が説明するとさほど無理のないように聞こえてくるのはなぜなのだろうと透は思った。

「あと、美食にこだわる人間は相当の田舎でもやってくるし、金に糸目もつけない。そういう客を取り込むためにも、ホテルの目玉に、三、四ヶ月、長くて半年から一年単位で様々な名シェフを招いてそれを売りにしてみればどうかという案もある」

「シェフを招く？」

「ああ、腕のあるシェフを定着させるのはなかなか難しいが、独立を考えているシェフにリゾートと独立資金の獲得がてら、期限を切ってそれなりの高給で雇いたいと持ちかければ、手を上げる人間もいるだろう」

斬新な考え方だと、透は目を見開く。

「それを左京さんの会社が…？」

いや、と男は首を横に振った。

「もちろん、俺の会社の方でサポートにあたるが、実際にホテル経営をしていくのはお前や、お前の里の人間だ」

「私達が？」

「ああ、そうすれば出稼ぎに出た人間も戻ってこれるだろう？」

男は笑みと共に、ウィンクをひとつ寄越して見せた。

「これからお前達は、もっとしたたかに生きる方法を学ぶんだ。幸いにして、資金はある。お前が相続する、青桐の資産だ」

「でも、左京さんは？」

「お前に投資する…って感じかな？　一応、一流のコンサルタントはつけるつもりだが、お前も自分でこれから色々勉強していくんだ。瓜生染と並行してな」

だから、と左京は悪戯っぽい目で透を見た。

「俺が見込んだお前の芯の強さを見せてみろ」

少なくとも一人前の人間として認められたということなのだろうかと、透はファイルを膝に微笑んだ。

# Ⅱ

「お茶を入れ直してまいりましょうね」

四十九日の法要の終わったあと、大原が屋敷の中に戻ってきた透と左京との二人に声をかけてくる。

「居間の方に頼みます」

ブラックスーツを身につけた左京は大原に声をかけ、先に立って居間の方へと向かう。

「すみません、左京さん、…お渡ししたいものが」

羽織袴姿の透は、そんな左京の背中に声をかける。

前日まで多忙だったとかで、今朝一番で屋敷に戻ってきた左京は、訝しげに透を振り返った。

実家に戻っていた透は、昨日、左京が帰ってくると聞かされていたため、その日を指折り待って期待に胸を弾ませ、屋敷に帰ってきた。

しかし、結局、夕刻になって今日は仕事のために帰れない、明日の朝一番で帰ると連絡を受け、自分でも驚くほどに気落ちしていた。

「すぐに持ってまいります」

透は軽く頭を下げ、自室へと向かう。

午後からはまた弁護士がやってくるという。それまでに左京に渡しておきたいものがあった。

透は風呂敷包みを胸に抱え、左京の待つ居間へと向かう。

いくらかの書類を膝の上に広げていた左京は、透の手にした風呂敷包みを不思議そうに見た。

「何だ、それは？」

「私が染め付けをしたものです。左京さんにと思って」

透は左京の前のテーブルの上で、風呂敷の包みを開く。

透が中から取りだしたのは、川縁《べり》の岩の上に止まる翡翠《かわせみ》の染め生地だった。

家に戻り、仕事の合間、寝る間際などの時間をぬって染め付けたものだ。

「これは…、見事だな」

左京は大きな手を口許にあてがい、呟く。

川のせせらぎと下草を背景に、一羽の翡翠を描いた。

水の飛沫《しぶき》に切れのよい青草、そして岩の上に留まる色鮮やかな翡翠の様子が、まるで今にも飛び立つかのような鮮やかさを意識させた。

「翡翠、だな？　反物…じゃないのか。これは…」

「額裏《がくうら》です。羽織の裏に使うものです」

「ああ、昔の粋《いき》な趣味人がやってるやつか。何の飾りもない男物の羽織を脱いだら、そこに絵が描かれてるっていう…」

左京は珍しそうに身を乗り出し、風呂敷ほどの一枚の染めの布を眺める。

「確かに一点物の粋な構図で、仕上がりも見事だが、最近の額裏としては珍しいんじゃないか。富士山や山水画、虎《とら》なんかはたまに見るが…。鳥では鷹《たか》ぐらいしか知らんな。だが、見事だ」

左京の言葉に、透はうっすらと頬を染める。

「でも、俺は普段、仕事では着物を着ないんだ」

左京は翡翠の額裏を手に、強い眼差しで透を見てくる。

「承知しております。私が左京さんにお渡ししたかっただけです。里のために、あんなにも色々お申し出いただいて、本当にありがとうございました」

着物は着ないし、身につけないと言われ、わかっていたことだと透は頷く。

ただ、初めて透に悦びを教えてくれ、里のために思いもしなかったほどに援助の手を差し伸べてくれた男への感謝の証《あかし》に、何か透なりに形として残るものを渡しておきたいだけだった。

「だから、着物は週末にこっちに帰ってきた時に着ようと思う」

左京の言葉に、透は驚いて顔を上げる。

「週末ごとに帰ってくるぐらいはいいだろう？」

左京の言葉に、透は笑って頷く。

「もちろん、ここは左京さんのご実家です。その方が、お屋敷にも活気が戻ります。せっかく立派なお屋敷なのですから…」

「バカか、お前は」

透の声を、左京は乱暴に遮る。

「誰が屋敷に活気つけるためだけに、わざわざ飛行機で時間かけてこんな片田舎まで帰ってくるか。屋敷なんざ、どうでもいい」

そのぞんざいな言い方に、透は目を丸くする。

「お前の顔を見にだ。お前の顔を見に戻ってくるって言ってるんだ。放っておくと、薬使ってでも乱暴しようっていう、どうしようもない男が出てくるからな」

「…そんな」

左京の言葉に赤くなったり、青くなったりしながら、透は抗弁しようとする。

「そんな私だって、何度も…」

襲われたのはどうしようもない不可抗力で、そのあとに薬を使われた身体を左京に静めてもらったのも確かだが、そんな言いようがあるだろうか。

どう言い返していいのかわからず、口を開きかけては閉じる透を眺め、左京は声を上げて笑う。

「お前も怒るんだな。だが、怒ってもえらく美人だ。ちょっと吊り上がった目が、色っぽくていい。たまには怒れ」

「何を…」

人と喧嘩《けんか》などしたこともないために、何といって左京をなじったものかと、口ごもる透の手を取り、自分の膝の上に座らせながら、左京はなおも笑う。

「なぁ、もうひとつ額裏をかいてくれ。般若がいい。たまにあるだろう、額裏で。お前の今の顔を写した般若顔がいい」

「そんな趣味の悪いものは描きません。通でもない人間が、やりすぎると野暮なんです」

絡みついてくる左京の手を払いながら、透は頬を染めて言い返す。

「おとなしそうな顔をして、言うなぁ。面白い」

左京は満足げな笑いを漏らし、透の頬に口づけてくる。

「なぁ、実家に帰るなんてこと言わずに、この家で俺を待てよ」

からかうようで、どこか甘えるような左京の声に、透は頬を染めてうつむく。嬉しさと共に、さすがにそれはあまりに図々しいのではないかと、戸惑いもする。

「私はしがない染め師です。このお屋敷でいつまでものうのうと暮らすわけには…」

「じゃあ、仕事場を作ればいい。馬鹿みたいに広い敷地だ。俺が作る。だから、ここで俺のために染めの仕事を続けろ」

左京は背後から強引に透の身体を抱きしめて言う。

「そんな…」

羽織の紐を解かれて、逞しい腕に抱き取られ、甘い喜びを覚える。

絹越しの膝裏にしっかりした男の脚の筋を感じながら、透は小さく喘いだ。

END

# 玉繭

# I

青桐《あおぎり》左京《さきょう》が会社の執務スペースでメールのチェックをしていると、秘書の玉木《たまき》がファイルを持ってやってきた。

「企画部からです、例のリゾートホテルの第二試案が出ました」

「ああ、そこに置いてくれ」

左京が顔を上げないままに応えると、玉木は厚みのあるファイルをデスクの上のトレイに置いた。

「あと、今週末の飛行機を手配しておいてくれ。時間は先週と同じでいい」

「承知しました」

どこに戻ると言わずとも、有能な秘書は左京が実家に戻ることをさっさと理解する。

「社長、今後も何度か飛行機をお使いになるようでしたら、法人向け回数券をご用意すると総務から言われていますが…」

「ああ、手配してくれ」

「承知しました」

何かまだもの言いたげな気配を感じ、左京は秘書の顔を見上げる。

「何だ？」

「いえ、今回のリゾートホテルの件、採算は十分に見込めると企画部の方は乗り気ですが、ずいぶん急に話が進んだなと思いまして」

左京が進める仕事内容について、普段は個人的な感想を口にしない玉木にしては珍しい。

「ああ、もう親父もいないしな」

「亡くなられたから、進んだんですか？」

微妙な表情を作る男に、左京は肩をすくめてみせた。

青桐家は多額の資産を持つため、出自を知る他人からは羨《うらや》まれることは多いが、左京はもともと自分の実家が好きではない。

家庭内事情は他人に説明するにはあまりにドロドロしているし、人を人とも思わぬ真似《まね》を繰り返してきた辰馬《たつま》のせいで、知った相手からは十中八九引かれる。

そのため、周囲の人間にもほとんど話したことはないし、母亡き後は実家に寄りついたこともなかった。青桐家の遺産相続については実家の弁護士に任せっきりで、会社の顧問弁護士にもまったく話をしていない。

なので玉木にとっては、これまでまったく把握していなかった場所でいきなり持ち上がったリゾートホテルの話を、左京が急に進めだしたのが解《げ》せないといったところか。

「まぁ、そうだな。親父が生きていれば、今も帰ってない」

それだけは間違いないと言い切る左京に、なるほど、と玉木は頷いた。勘のいい男なので、すでに左京と実父との不仲は理解しているだろう。

そして…、と左京は玉木が持ってきたファイルへ手を伸ばしながら思った。

考えるだけでもゾッとするような話だが、辰馬が健在なら、あの不幸な男は今も父親の支配下にあったはずだ。

はたしてあの状況下で、透《とおる》の精神状態があとどれだけ保《も》ったかはわからない。会った時にはすでに相当に消耗していたのだろう、まったく生気がなかった。

左京の母親は救いだしてやれなかったが、透の不幸はあそこで終わってよかった。

少し前、左京のために見事な翡翠《ひすい》の額裏を描き上げてくれた透は、最近になってようやく少しずつ笑うようになってきたところだ。

笑うとこれまでとは印象が変わって、子供っぽく無垢《むく》な雰囲気になる。二十六歳にもなる男をつかまえて無垢というのも妙な話だが、どこか幼くて計算のない表情というのだろうか。多分、根が真面目《まじめ》でやさしいのだろう。

それがまた…、と左京は色の濃い瞳《ひとみ》を細めた。

うつむいた顔しか知らなかった時には、ただ見た目が綺麗《きれい》なだけの覇気のない男だと思っていたが、ようやく自分の足で歩き始めようとしている透は、そのひたむきさや純真さが左京を惹《ひ》きつける。

あの屋敷で自分を待てと勝手を言ったのは左京だが、透は単に待つだけではなく、その間も自分でコツコツと努力をしている。

家業である瓜生染《うりゅうぞめ》についてはもちろんだが、左京が渡したリゾートホテルの試案を読み込み、わからない点を熱心に尋ねてくる。

左京があの家にネット回線を用意してからは、少しずつパソコンの扱い方を覚え、自分でも不明点を調べるようになった。

瓜生染の図案を描くのに、よくスケッチをしているようなので、先週戻った時には一眼レフのデジカメを渡してやったが、ずいぶん喜んでいた。根が感受性の強い芸術家肌の職人なのだろう、色々被写体を探して撮っているようだ。

個人的には透が自分から何かに興味を持ち、動き始めるのはいい傾向だと思っている。

「へぇ…」

ファイルをめくった左京は、ニッと唇の端を引き上げる。

何事かと、玉木は物問いたげな顔を見せる。

「いや、どうやら思っていたよりも安いコストで温泉も出そうだな」

「企画の方でも、そんな話が出ていました。スパ向きの土地だろうって」

「ああ、深く掘ってやれば日本のどこでも温泉は出るとはいうが、水脈がある分、それよりももっと簡単にすみそうだ。その分、他に予算もまわせる」

瓜生の里の窮状、そして、長らく帰っていなかった田舎の停滞した空気、そして何よりもあの華奢《きゃしゃ》な身体で懸命に現状を支えようとしていた透を見て、単なる支援ばかりでなく、もっと地元自体を活性化しなければ先がないと思った。

そして、どうせやるなら徹底的に勝ちにかかるのが左京のもともとの性分でもある。単に資金を浪費するだけでは意味がない。

若い人間の減った地元で永続的に仕事を成り立たせるには、いくつかの核となる事業を作ってやる必要がある。その事業のうちの一つが、集客性の高いリゾートホテルだった。

青桐家の持つ土地のうち、リゾートホテル向きの場所をいくつかピックアップして、検討した。

その中でも、渓谷に面した場所が一番ロケーションに恵まれているだろうと、前の会社でいくつかのリゾート地の立ち上げ実績のある社員が熱心に説明してくれた。

本人も地方の出身で、資金的に許されるのならこんな形で地元を活性化させたいのだという。

その心意気が面白いと思って、今回、企画の要《かなめ》に据えている。どうせ作るなら、自分自身が何度もリピーターになりたいと思えるプランを作れと、発破をかけている。

「ああ、そうだ」

半ばまでファイルに目を通しかけていた左京は、玉木へと視線を戻した。

「医師の予約の方は大丈夫か？」

声のトーンをいつもより落としたのは、左京の執務スペースがオフィスとパーティションで仕切っただけの場所にあるからだ。

自分の性格上、密室にこもるのは性にあわないし、オフィスの風通しもよくしておきたいので、こういうデザインにしてある。重要な話がある時には会議室を使うので、特にこの構造で困ったことはない。

ただ、左京の声はあまり張り上げなくともよく通るため、あまり周囲に聞かれたくない話の時には声のトーンに気をつけている。

「ええ、明日の午前十一時で予約を入れてあります。評判はいい医師らしいので、心配ないと思います」

「ああ、助かる」

虐待や軟禁の被害者の心理的外傷に詳しい医師を探すように頼んでいた左京は、頷いた。その点、玉木は口は固いし、仕事も確実だった。

「社長の義理の弟さんだとお伝えしてますが、よろしいですか？」

「ああ、かまわない」

それ以上は詮索するつもりはないらしく、利口な男は頷く。

「今日、このあとと明日の午前の予定は、ご指示どおり調整して空けてあります」

「ああ、頼む。このあとは空港まで迎えに行くから」

左京は腕の時計に目をやる。

辰馬の呪縛から解放され、ようやく生気を取り戻した透だが、やはり時折放心状態となるのが気になっていた。

もし、やはり五年にも及ぶあの家での過酷な日々が透の精神状態に影響を及ぼしているのなら、早めにケアもしてやりたいし、専門家のアドバイスをあおぎたい。

本当は青桐家から通える場所で専門の医師がいればいいのだが、地元にはそこまでの専門医もいならしいし、透も外聞があるだろう。

あの得体の知れない薬品の影響も怖いので、一度東京で専門医に診てもらわないかと、左京にしてはずいぶん慎重に気を遣いながら尋ねたところ、思っていたよりもあっさりと透は応じた。

——あの薬が怖かったのは、私も同じなので…。

左京の好みの涼しい藍《あい》の紗の単衣をまとった透は、先週帰った時に頷いた。

物静かだが、ちゃんと自分なりの考えも持っている青年なので、他に何か思うところもあるのかもしれないが、透が納得して医師に診てもらうというのが一番だと思う。場合によっては、もっと説得に時間がかかるかもしれないと考えていたので、少しほっとした。

そして、夏物の着物をまとっても佇《たたず》まいの美しい透に、しばらく見とれた。

これまで周囲にいなかったタイプの人間で、従順なようでいて芯《しん》が強い。そして、品がよくて、気配りもできる。むろん、見た目に美しいのは間違いないが、それ以上に透の内面を知れば知るほど、はまっていく自分を意識する。

「何だろうな…」

左京は呟《つぶや》いてみて初めて、玉木が黙って自分を見ていることに気づいた。

「何だ？」

「いえ…」

眉《まゆ》を若干寄せて玉木を見ると、有能な秘書は何か言いたげな気配を打ち消し、さっさと車のキーを差し出した。

「空港まで車で行かれるとのことだったので、社用車の鍵をお持ちしております」

「ああ、助かる」

透はまだ一度も飛行機に乗ったことがないと言っていた。チケットの受け取りや搭乗口までの行き方は、地元空港まで一緒に行く運転手の田端《たばた》がうまく誘導してくれるだろうが、初めてだと不安もあるだろう。

羽田には、飛行機の到着予定時刻より早めに迎えに行っておいてやりたい。

「何かあったら、連絡を入れてくれ」

左京は車の鍵を受け取ると、立ち上がった。


到着口から出てきた透は、リネンシャツにデニムという軽装だった。身長はさほどないが、すらりと細身なのと背筋がまっすぐに伸びているのとで、すぐに透だとわかった。

よく整った顔は小さく、すっと自然に視線を吸い寄せる。

あまり自分が人目を引くことには気づいていないのか、透は左京の姿を見つけるとずいぶん嬉しそうに笑った。

「左京さん！」

いくらか小走りで左京の元にやって来た青年は、はにかみがちに見上げてくる。

「背が高いから、すぐにわかりました」

うっすら頬を染めているところを見ると、計算でも何でもない仕種なのだとわかる。

「初めての飛行機はどうだった？」

　左京は荷物を受け取ってやりながら透の背を押し、物見高い目で透の方を覗《のぞ》き込んでいる女子高生の視線をさっさと遮る。

「離陸の時と着陸の時は少し緊張しましたけど、フライト自体は楽しかったです。雲も上から見るのは初めてで、こんな風に見えるんだなって…」

　言葉を重ねて懸命に説明する透は、新鮮で少し微笑ましい。

　キレイ、キレイ、今の男の人、信じられないぐらいにキレイだったという、女子高生らの甲高い声を無視して、透を駐車場へと促す。

「羽田空港って、やっぱりすごく人が多くて大きいんですね。向こうの空港もそれなりに広いなって思ったんですけど…」

　高校時代に修学旅行に参加しなかったという透は、左京の陰からそっと賑わう売店の様子を見ながら言う。

「まぁ、人だけは多いな、確かに」

　参加しなかったのは、おそらく家庭の事情なのだろうなと察せられたが、特に透が悲観している様子でもないので尋ねない。

「夕飯は何が食べたい？　フレンチなんかでもいいし、どこか和食の美味いところでもいい。ジャズの生演奏のある店も悪くないだろうし」

尋ねてやると、透はわずかに考える様子を見せて答えた。

「やっぱり和食が落ち着くかもしれません。洋食の方は、もっと勉強しますね」

「勉強はいいが…」

左京は悪戯《いたずら》っぽく透の目を覗き込んだ。

「誰と食べに行くつもりだ？」

「ああ…、そうですね」

あまりそこを突っ込まれるとは思っていなかったのか、透は困ったように首をすくめる。

「今日の和食以外にも色々連れていってやるから、俺以外の人間とは行くなよ」

勝手な左京の言い分を許すつもりなのか、透は小さく笑った。

Ⅱ

夕食後、透を伴った左京は、マンションのエントランスでコンシェルジュから挨拶《あいさつ》を受け、書留郵便を受け取った。

封筒を手にエレベーターに乗ったところで、目を丸くした透が尋ねてくる。

「マンションって郵便物も預かってくれるんですか？　ホテルみたいなところですね」

「コンシェルジュか？　普通のマンションにはあまりいないかな。サービスのいい管理人みたいなものだが、その分もしっかり賃料に乗ってる」

「そうでしょうね」

綺麗《きれい》な女の人でした、と透は他意もないように笑う。

高校まであまり恋愛らしい恋愛もしなかったと言っていたのでなんとなく見た目どおりの草食系かと思っていたが、さっきのコンシェルジュに限らず、若い女への対応を見ていると、もともとあまり女性への関心のないタイプ、むしろ、ゲイの素質すらあるようにも思える。

「俺は多分、お前の方が美形度では上だと思うぞ」

「私がですか？」

透は不思議そうに目の端で左京を見上げてきた。

おそらくは意識していないのだろうが、黒目がちの切れ長な目がすっと動くと、きっちりメイクしたさっきのコンシェルジュの目よりもはるかに色香がある。

あのコンシェルジュはコンシェルジュで悪くはないのだが、透の無自覚に持ち合わせた色気には到底かなわない。

「まさか」

透は首をすくめたが、それでも左京に容姿を肯定されたことは嬉《うれ》しかったのか、うっすらと頰《ほお》を染めてはにかんだように笑った。

その手が持ち上がって伸びかけたが、左京の二の腕に添えられる前にためらいがちに下ろされる。

長年辰馬に粗略に扱われ、また、最初の左京との乱暴な関係もあって、多分、まだ自分の立ち位置がわからず、どこまで左京に甘えていいかもわからないのだろう。

それが今は、たまらなく哀れだと思う。

キュッと握りしめられた手を見かねて、左京は逆に腕を伸ばし、その背をぽんぽんとたたいてやった。

これまで苦しんだ分、もっと甘えてわがままを言えばいいのにと思う。

少し前に左京の膝《ひざ》の上で拗《す》ねたような顔を見せた時には、ずいぶん可愛かった。あれぐらい表情が乗っても、透のよく整った顔は魅力的だった。

「こんなところまで来てしまって、図々しくなかったですか?」

左京に促《うなが》されてエレベーターを下りながら、透がためらいがちに尋ねてくる。左京はわざと乱暴にぐしゃぐしゃと透の髪を撫《な》でた。

「何言ってる。来いって言ったのは、俺だろう? 部屋に泊まれって言ったのも、俺だ」

助かります、と頭を下げる透の前で部屋の鍵を開けた左京は、わざと意地悪く透の腕を引いて青年の身体を部屋の中へと抱き入れた。

「他にいったい、どこに泊まるつもりなんだ？」

肉薄い身体を抱きしめると、ほっそりした腕が左京の首におずおずとまわされてきた。

共に浴室を使ったあと、左京はベッドの上で透を抱き寄せ、その清潔なうなじに唇を這《は》わせていた。

密着した腰に、意識的に熱く昂ぶったものを押しつけると、透は湿った息を洩らしながら身悶える。

左京は巧みに腰をずらし、透の尻の割れ目にたっぷりとしたジェルと共に並々ならぬ大きさの肉根を押し当てた。そのまま割れ目に沿って、あえて上下してやる。

「…はぁ…っ」

透の淫《みだ》らな想像を見越したように、左京は今度は引き寄せた小さな尻を大きな手のひらで押し包んだ。丸みの少ない薄い尻肉を、長い指でわしづかみにする。

「あ…っ」

透が逃れようとシーツに両腕をつき、前屈みになって身をよじると、かえって左京の指の間で尻の丸みがよじれ、その官能的な感触を堪能できる。

青い未成熟な果実を思わせる、少年のような尻が剝《む》き出しになる。肉薄い小さな白い尻は、光を吸って滑らかな光沢を放っていた。そして、ほんのりとセピア味を帯びた窄《すぼ》まりには男を惑わす色香と濃厚な淫蕩《いんとう》さとが潜《ひそ》んでいた。

「…あぁ…」

背後から腰を捕らえられたまま、固く瞼《まぶた》を閉ざした透が熱い吐息を洩らす。左京はあえて薄い肉に指を食い込ませ、秘めやかな尻の割れ目を割り開く。

そして、その巨大な威容の先端から滲《にじ》み出た先走りを、攫《さら》ってきた女を犯す時のように無造作に、ジェルと共に塗り広げてやる。

「…あっ…、あっ…」

透は目を閉ざし、鼻にかかった甘ったるい声を漏らして、小さな尻を揺すった。それは男の支配を認めたのも同じだった。

やがて、感じやすい割れ目の中でも、ひときわ敏感な粘膜の愛撫を求め、透は尻をくねらせはじめた。

「…あ…っ、…あっ…んっ」

しきりと捕まれた尻を上下によじり、男を秘所へと導こうとする青年のもどかしさを嗤《わら》うように、左京は透の股の間へ巨根を差し入れ、その巨大な先端で股間から未成熟な彼の生殖器までを乱暴に擦りあげた。

そして、ときおりからかうように、火照《ほて》って収縮を始めた肉蕾の入り口を灼棒の先端で突いた。

「ぁ…っ、…ちが…っ、あ…んっ」

しばらく、四つん這いで男に尻を預けていた透は、いつまでも擦りつけたり、突かれたりという煽《あお》られるだけの愛撫にやがて焦《じ》れたのか、鼻にかかったような甘い泣き声をあげながら、片方の腕を伸ばし、男の目の前にほっそりした指で割れ目を押し広げてみせた。

熱っぽい、ねだるような濡れた瞳で肩ごしに男を見る。

細い指で押し広げられた粘膜は半透明のジェルに濡れ光り、淡いセピア味を帯びたピンクだったのが、熟《う》れたように好色な赤に色づいていた。

充血して真っ赤に色づき、欲情にめくれ上がった柔らかそうな肉壁は、ときおり大きく押し広げられる期待にひくつくあまり、淫らなサーモン・ピンクの粘膜を覗かせる。

「…ぁ…っ、左京さ…っ」

みずから指で尻の割れ目を押し広げ、男の目にその交合のための器官を晒《さら》すというあまりにも恥知らずな行為に、透は羞恥《しゅうち》のあまり瞳を涙で潤ませる。

「…ぁ…あぁ…、見な…っ…で…、…見…いで…っ」

羞恥に喘《あえ》ぎながらも、牡を求めて火照る肉の疼《うず》きはどうしようもないのか、透は割り広げた割れ目の中央にほっそりとした中指を押し当てた。めくれ上がった粘膜の間に、中指の先端が埋まる。

「…う…んっ…っ」

男の目の前で透はゆっくりと蜜に濡れそぼった粘膜を擦り、まさぐりはじめた。欲しがって卑猥に収縮を繰り返す肉蕾をなだめるように、慰めるように固く瞼を閉じ、中指の腹で肉襞をめくりあげてはこする。

左京は意地悪く腰を引き、その淫らな自慰を愉《たの》しんでやる。

「いい眺めだな」

「いゃ…っ、…わか…っ…てっ…」

透は懸命に好色な肉襞をまさぐり、粘膜を弄って、ゆっくりと指を埋める。

「…んっ…、ん…ぁ…、…ぁ」

透は粘膜の襞を指の腹でこすりつつ、埋めた中指の第一関節までを、ゆっくりと抽送する。欲しがる粘膜の疼きに耐え切れず、やがて指の出し入れが早くなってくる。ヌチャヌチャと、濡れた卑猥な音が大きく響いた。

「欲しいか？」

左京はそそり立ったものを、透の太腿に押しつけてやりながら尋ねた。

「んっ、欲し…」

透は涙目で何度も頷く。

「仰向いて、脚を開け」

左京は無造作に命じた。

透は一瞬、体を震わせたが、やがて抗えぬと悟ったのか、固く目を閉ざし、仰向いて横たわった。

恥ずかしげに美貌を羞恥に染め、征服者である男の目の前で、透の形のよい光沢のある白い太腿がゆっくりと開く。

「まだだ、もっと開くんだ」

「…ぁ…」

左京は太腿を乱暴に割り広げて、体を割り込ませ、さらに命じた。

左京は透の白い胸許で尖った乳首の先端を、強く指先で弾いた。

「あっ…ん」

ビクンッ、と男の下で透の身体が跳ねる。

「ぁ…っ、…あぁ…ん…っ、ぅっ…んっ」

両手を上方に押さえつけ、股間のそそり立った牡を透自身に押しつけながら、左京は透の胸を吸いはじめた。

「あ…ぁ…、…ぁ…っ、ぁ…」

熱く濡れた舌で固く尖った乳首を転がす。乳輪ごと唇にはさまれ、乱暴に吸い上げてやると、透はみずからのペニスを擦り付けるように、腰を振った。

「…ぁ…あぁ…、いっ…ぃ…、んっ…あぁっ」

ツンと固く尖った充血した乳首は感じやすく、強く押しつぶすように指先で揉んでやると、透の唇から甘い嬌声が洩れる。

男は透の腕を上方に固定したままで、ふっくらと持ち上がった乳輪を熱い舌先でなぞり、両の乳首を交互に吸い上げた。

「あ…ふっ…っ…んっ」

尖った乳頭を固くひねり、きつくつまみあげたかと思うと、くすぐるように下からそっと揉む。

優しく揉んで、揉んで、そっと押しあげた乳首の先端をかすめるようにざらついた舌先で嬲り、そして執拗に舐めまわしたあげくに、乳頭を熱い口中に含み、吸いあげる。

透は恍惚として男に身体を開いていた。

「…あ…、あ…ぁ」

頭の上に腕を押さえつけられたまま、透はなめらかな太腿でがっしりとした左京の腰をはさみ、左京の脹れ上がった男根を自ら柔らかな蜜袋に擦りつけるようにして誘う。

「…そうだ…いい子だ…」

左京はジェルに濡れて淫らにひくつく肉壁に、そそり立った見事なものをあてがってやる。

ゆっくりと膨れあがった亀頭を内壁へと沈めると、透は人差し指を咬《か》み、その侵入に耐えようとする。

「…んっ…あぁ…っ」

左京は逃れようとする青年の尻を両手でわしづかみにし、上向きに固定する。張り出したエラ部分の全てが呑み込みきれず、透の白い尻が男の手の中で苦しげによじれた。

「…ああ…っ！」

左京は身体を倒して、クッと尖った乳首を甘咬みし、透が甘い悲鳴を上げた隙に、先端部分を一気に沈めた。締め上げるようにぬめった粘膜が絡みついてくる。

大きく肩で息を継ぎながら、ご褒美に半開きの唇に舌を差し入れてやると、透は嬉しげに鼻を鳴らして男の首を抱き寄せ、舌を絡めて吸う。

グミの実のように赤く色づいた乳頭を指先でねじり上げながら、左京は片方の白い腿を抱えあげ、体重をかけて一気に挿入をはかる。

「んん…っ、あ…あーっ！」

ヌプヌプと音を立てて、子供の腕ほどの質量のある大きな肉塊が沈み込む。

限界一杯にまで開ききった粘膜は、ヒクとも動かすことができないようで、透は乾いた唇をゆっくりと舐め、呼吸を整えようとした。

「お前の中は熱いな…グッショリと湿ってて、中の粘膜がビクビクと生き物みたいに絡みついては蠢《うごめ》いてる…」

左京はわずかに腰を揺らしながら、透の脚を抱えなおし、透が羞恥に身悶えするのを承知で締め上げてくる肉壁の様子を形容した。

「…あぁ…」

「いやらしい奴だ。突っ込まれただけでこんなに感じるのか？」

「んぅ…っ」

「俺のはどんなだ、言ってみろ」

ねっとりとみずみずしい肉襞が絡みついてくる。左京は白い腹を撫で上げ、透の反応を愉しみながら、ゆっくりと腰を使いはじめた。

赤く充血しきって、痛いほどの乳首を男は舌先で転がしはじめた。

焦らすように周囲を舐めては、乳頭を熱くぬめった舌の先端で優しく突き、くすぐるように吸い上げる。そのたびに透の身体はびくびくと跳ねた。

「…あ、熱くて…、おっ…き…ぃ…」

「スケベな奴だ」

左京は笑いながら透のほっそりとした両脚を抱え込み、大きく腰を使いはじめる。

「あっ、あんっ…あ…ふっ…、あぁ…っ」

透の喉から奔放な喘ぎ声が上がった。

「…ああ…っ！」

左京はそんな透をからかうように、しっとりとしたきめの細かい尻肉をたっぷりと根こそぎつかむ。

長い指で、肉の薄い、いかにも感度の良さそうな尻をつかみ、上下に、左右にと揺さぶる。

猛りきった砲身で蕩けきった入り口の粘膜を押し広げるかのように、グニグニと執拗に揉みほぐす。

「…ぁ…ふ…っ、ぅ…んっ…っ」

透は白い喉許をのけぞらせ、薄い瞼を痙攣《けいれん》させる。

「お前の中は熱いな…、グッショリと湿ってて」

左京はわずかに腰を揺らしながら、透の脚を抱えなおし、透が羞恥に身悶えするのを承知で締め上げてくる肉壷の淫らさを形容した。

「まるで生き物みたいに絡みついてくる」

「…あぁ…ん」

透は恥ずかしげに、ほっそりとした腰をくねらせる。

「ほら、またビクビクって…、いやらしいな。もう、ここはこんなにグチョグチョだ。男のくせに中まで濡らして、恥ずかしくないのか？」

「…ん…ぅ、…ぁっ、言わないで…」

左京は透の手を取ると、繋がった部分へと導き、ビショビショになった透の尻を、その割れ目を無理に撫でさせる。

「こんな風に女みたいにオマ○コされて、どうなんだ？　言ってみろ」

「…熱くて…、気持ちい…」

内部をゆっくりと突いてやると、透はあられもない悲鳴を上げた。

「あっ…！　そこっ、…そこなのっ」

押し入った男根の先端が内壁のある一点を擦ると、透の尻が大きく跳ね上がる。前立腺を裏側から刺激され、射精感にも似た快感に、こらえ切れないメス犬のような嬌声が零れた。

「ここか？　ここが感じるのか？」

わざと腰を引いて、浅く突く、意地の悪い左京の焦らしに、逞しい背中の筋肉に爪を立て、尻を振り立てる透は泣き声を上げる。

「…あっ、あっ、…大きいっ…、大きいっ…、そこっ、そこなのっ…っ」

透は大きく開いた膝を曲げ、男のがっしりとした腰に絡める。

揺れる爪先は痙攣するほどにひどく反りかえり、透の感じている快楽の深さを物語っていた。

「あぁっ…あっ、あぁっ…、いいっ、いいっっ」

「…これが好きか？」

左京は透の肉壷の締め上げに、息を荒げながら、大きく腰を使い始める。

拒むように首を横に振る青年の濡れそぼった極上の肉壁に、自分の方が溺《おぼ》れそうになる。

「…あっ、だめっ…、ぁ…、おね…が…っ、もっ…と…、ぁっ、…ゆっく…りっ…」

突き上げのあまりの激しさに息も絶え絶えに、透が哀願する。

「あっ、あぁっ…あぁっ」

左京は力まかせに、固くつかんだ透の尻をひねり上げた。

ズンッと、灼棒が肉壷の底に突き当たる。

「あぁっ、あーっ！」

左京の手の中で、白い尻が痙攣する。

強く抱き寄せられたまま、透はガクガクと白い脚を突っ張らせて達した。

ビクッ、ビクッと、左京自身を締め上げていた肉襞が収縮する。

「…くっ！」

男は低く呻《うめ》いて、透の中にたっぷりと凌辱の証を注ぎこんだ。

「…ぁ…あぁ…」

身体をゆっくりと弛緩させかけていた透は、左京が自分の中に大量の精液を射精するリアルな感触がわかるらしく、目を見開き、大きく尻を震わせた。

「…あ…っ…」

ズルッ、と左京は尻の狭間から肉棒を引き出す。

「元気だな…」

左京は苦笑する。

充血した粘膜を擦られる感触に、吐精したばかりの透の性器は如実に反応していた。

「…っ！」

左京は満足の息をつくと、まだ男を受け入れた時のままの姿で横たわった透の脚の間に片手を差し入れ、赤く色づいた生殖器を嬲るように扱きはじめた。

「あっ、…っぁ」

滾《たぎ》るような火照りから、まだ完全に覚めきっていないらしき透は、大きく開かされた股間を閉じる力もないまま、無防備な秘所を左京の思うように弄ばれる。

透は恥じらうように閉ざした瞼を震わせ、薄い胸を喘がせた。

吸い付きたくなるような、赤くつんと尖った両の乳首が、新しい興奮に細かく震えながら、喘ぎに上下する。

無駄な肉ひとつないくぼんだ腹と、形いい臍《へそ》とが悩ましい。

「ぅ…んっ、んっっ…」

部屋には透の濡れた吐息と、グショ濡れになった砲身を男が扱く淫猥な音だけが響き、殊更に透の羞恥を煽るようだった。

ヌチャヌチャというやらしい音とともに、恥ずかしいほどに頭をもたげたペニスの先端が、男の指戯に脈打ち、濡れ光る。

喘ぐほの白い下腹部が光を吸い、湿った恥毛が恥骨の上に貼り付いていた。

「あっ…ん、…く…ぅっ」

先端から美味そうな蜜を滴らせる、真っ赤に熟れた亀頭の窪みを、ぐりぐりと左京は指で揉んだ。

肉棒の逞しさを覚え込んだ蕾から注がれたばかりの精液が溢れ、シーツを濡らしている。

「んんっ、ぅ…うんっ」

大きく脚を開いたまま、左京の視線から逃れようとするように顔を背けた透の尻が、別の生き物のように貪欲に揺れはじめている。

しかし、熱っぽい透の視線は左京の逞しい肉棒に釘付けになっていた。

左京は官能的な微笑をその口許に貼り付け、ヒクつく透の蕾に射抜くような視線をあてたまま、煽るように数回、唆《そそ》り立ったモノで突き上げる動作をして見せる。

「…ん…っ」

透は何かを堪えるかのようにシーツの上に伏していたが、やがて耐えきれなくなったようにすすり泣きながら、這ったまま尻を高く掲げ、好色な女のように狂おしく尻を揺らした。

高く掲げられた白い尻の割れ目に、トロけきった粘膜が見えた。充血しきって、腫れぼったくなった肉襞は、注がれたばかりの精液に濡れそぼり、捲《めく》れ上がっては収縮する。

秘所を見せ付けるように尻を掲げた透は、上身を起こして頬杖をついた左京の股間に、這ったまま顔を寄せた。

透は薄赤い可憐な唇を開き、桃色の濡れた舌先で、唆り立った赤黒い巨大な肉棒を熱心に舐めはじめる。

清楚な美貌の透が猛ったものに奉仕する淫靡《いんび》な様に、左京の砲身はより一層力強く脈打つ。

瞳を閉ざした青年の白い額には、汗に濡れた幾筋かの髪が貼り付いていた。

薄い唇が限界まで開かれ、静脈の浮かび上がった猛々しいものを呑み込んでいる。くぼんだ頬が、清らかな青年の美貌を裏切るような好色さで蠢いている。

「…ぅ」

眉を寄せ、左京が微かに呻いたほど、透の舌戯は濃厚だった。

堅く脈打った見事な一物に、呑み込むような熱心さで強く舌を絡めてくる。筋の浮き出た砲身の裏側にも丹念に舌を這わせ、舐め上げる。

透自身、どうしようもないぐらいにまで昂ぶったらしき身体は、男の唆り立つような巨根で肉壷の奥底まで深く抉られ、突かれる以外に、ドロドロに溶け出した火照りを鎮める方法がないのだろう。ただ、本能のままに男に跪《ひざまず》き、仕えてくる。

「んっ、んっんっ…、ぅっんっ」

再度、押さえつけ、思わず尻の間に捩《ね》じり込みたくなるような、濡れかすれた呻きを上げながら、透は両手に握りこんでまだ余る、巨大な灼棒をしゃぶり続けた。

鍛えた左京の太股を撫でさすりながら、それだけで口一杯になるほどの亀頭を吸い上げ、先端の窪みに舌を捩じり入れる。

歯を軽く立てながら、片手に余るほど立派な袋に収まった、新しいミルクを作り出す睾丸を、揉み、擦り合わせる。

男の脚の間に跪いた透の肉薄い美しい形の尻が、光を吸って白く滑らかに輝いていた。

濡れて恥丘に貼り付いた楚々とした茂みも、固く張りつめて刺激を求めて揺れるペニスも、光沢のある染みひとつない双丘の間に真っ赤に熟れて息づく秘肛も、すべてが無防備に左京の前に捧げられている。

「ん…んぅっ…っ」

透の形のいい鼻から、濡れた声が洩れた。

「ようし、もういい…」

股間に顔を埋め、懸命に奉仕する青年に左京は荒い息をこらえながら、命じた。

「…お願いです、このまま出して…」

淡い色の薄い唇を唾液に濡らして顔を上げた青年は、男の睾丸を細い指先で揉みながら、欲情に濡れた瞳で哀願した。

「んぅ…っ」

再び左京のものを奥深くまで呑み込んだ透の喉から、細い呻きが洩れる。

左京は食いしばった歯の奥で低く呻くと、降参の証に透の髪をつかんで、唇に再度含ませた。

勃起したものを、青年は丹念にしゃぶる。

絶頂が近かった。裏側の筋に歯を立てながら、なおも熱心にしゃぶり上げられ、左京はついに音を上げた。

「…畜生、…イク…」

荒い息を吐き、髪を引きつかんで青年の喉の奥にまで一物を強引に突っ込む。苦しげに透の細い眉が寄せられ、呻き声が喉奥から洩れたが、かまわなかった。

身震いするほどの快感だった。

青年の喉の奥の柔らかい粘膜を強引に押し広げ、子供の拳《こぶし》大ほどにまで膨れ上がった亀頭で器官の奥を突きあげた。透がむせるのもかまわなかった。

「…くっ…！」

脊髄から白い閃光が走る。腰に一気に力が集まった後、叩き付けるように砲身の先端から大量の精液が迸り出た。

淡い色の唇を押し開き、透のほっそりとした白い喉の奥に、次から次へと多量の粘液が注ぎ込んでやる。

透は華奢な肩を喘がせ、苦しげに身悶えた。

喉の奥に一気に注ぎ込まれ、その大半を味わわないままに飲み込まされた透は、それでもくわえこまされた野太い砲身から吹き出す精液を懸命に飲み込もうとする。

「んっ…、ふっ…っ…、…んぅ…」

透は瞳を閉じて、白い粘りのある精液を恍惚とした表情で飲み下した。

左京は荒い息をつきながら、淡い色の唇からヌルリと巨大な砲身を引き抜く。

「…ん…ふ…っ」

瞼を閉ざした綺麗な頬のラインが淫靡に蠢く。それでも薄い唇のまわりに飲み込みきれずに溢れ出した白い淫液を、透の淡い色の舌が舐め取った。

新たな興奮に喉の奥で低く唸り声を上げ、左京は透の薄い肩を押し倒した。

「…ぁあ」

脚を大きく開かされ、無防備な下肢に性急にあてがわれ、透は大きく息を吞む。

「あっ…」

それでも蕩けきった粘膜は、容易に牡の侵入を許した。

ヌプリ…と、熟れた割れ目に左京はまだ勢いを失わないものを突き入れる。

「あ…んっ」

胸の上でつんと立ち上がった小豆《あずき》色の乳首を指先で弾き揉んでやると、狭い肛腔が更に凄まじい力で、弾けんばかりに灼棒を締め上げてくる。

「っ…ひ…ぁっ」

再度組み敷かれた透は、細く切れ切れに声を上げ続ける。

とらえたつもりでいたが、結局、つかまったのはどっちだったのかと、左京はシーツの上で白くのたうつ身体を貪りながら思った。

# あとがき

どうもこんにちは、神代晄《こうじろあきら》です。単行本では初めましてになります。

今回は手にとっていただきまして、ありがとうございました。この話は以前、リンクスさんで雑誌掲載していただいた話になります。いつ頃だったたっけと探してみたら、二〇〇九年の十月号でした。七年も前になるんでしょうか？

課されたミッションがエロと鬼畜で、そこにわかりやすいほどの未亡人萌を突っ込んだお話でした。自分の意思とは関係なしに、美しさゆえに追いつめられる貞淑な未亡人っていうのが理想です。これ、大事です！

その点、『瀬戸内少年野球団』の夏目雅子《なつめまさこ》とか、『マレーナ』のモニカ・ベルッチとか、未亡人萌えの金字塔とも言えましょう！「彼女の罪は、ただ一つ。美しいことです！」なんて映画の中で言われる『マレーナ』なんて、モニカ・ベルッチのプロモーションビデオとしか思えないです（本当はどちらもすごく奥の深い映画ですが）。

それはさておき、今回、雑誌から単行本にしていただくにあたって、左京の紳士度が増した分、若干、鬼畜度が減ったような気がします。もっとえげつない、ドッロドロの未亡人凌辱とかあってもよかったと思うのですが、当初思っていたよりもお話がマイルドになってしまいました。
どうせなら、もっと突き抜けてやればよかったと今になって思います。

さて、この度、雪路凹子《ゆきみちおうじ》先生にはとても魅力的なイラストをいただきました。構図や色合わせなど色々ご提案いただいて、すごく勉強になりました。個人的には、鮮やかなものからアンティーク風のものまで、雪路先生のイラストの配色、色の組み合わせはとても魅力的だと思っております。筆が遅くてごめんなさい。一緒にお仕事させていただけて幸せでした。どうもありがとうございます！

この度は貴重な機会をありがとうございました。
もしまたいつか、単行本を出していただく機会がありましたら、もっとエロと鬼畜道を極めるべく邁進したいと思います。

神代晄

## 金緑の神子と神殺しの王《きんりょくのみことかみごろしのおう》

**六青みつみ**
イラスト：カゼキショウ

本体価格870円+税

高校生の苑宮春夏は、ある日突然、異世界にトリップしてしまう。なんでも、アヴァロニス王国というところから、神子に選ばれ召還されてしまったのだ。至れり尽くせりだが軟禁状態で暮らすことを余儀なくされ、自分の巻き添えで一緒にトリップした友人の秋人とも離ればなれになり、不安を抱えながらも徐々に順応する春夏。そんななか、神子として四人の王候補から次代の王を選ぶのが神子の役目と告げられる。王を選ぶには全員と性交渉をし、さらには王国の守護神である白き竜蛇にもその身を捧げなければならないと言われ…。

# リンクスロマンス大好評発売中

## 月影の雫《つきかげのしずく》

**いとう由貴**
イラスト：千川夏味

本体価格870円+税

黒髪と碧い瞳を持つジュムナ国貴族のサディアは、国が戦に敗れ死を覚悟していたところを、敵国の軍人・レゼジードに助けられる。血の病に冒されていたせいで、家族にも見捨てられ孤独な日々を送っていたサディアにとって、レゼジードが与えてくれる優しさは、初めて知る喜びだった。そして次第にレゼジードに惹かれていくサディアは、たとえその想いを告げられる日が来ないとしても彼のためにすべてを捧げようと心に誓い…。

LYNX ROMANCE

# 小説原稿募集

リンクスロマンスではオリジナル作品の原稿を随時募集いたします。

## 募集作品

リンクスロマンスの読者を対象にした商業誌未発表のオリジナル作品。
（商業誌未発表のオリジナル作品であれば、同人誌・サイト発表作も受付可）

## 募集要項

**＜応募資格＞**

年齢・性別・プロ・アマ問いません。

---

**＜原稿枚数＞**

４５文字×１７行（１枚）の縦書き原稿、２００枚以上２４０枚以内。
※印刷形式は自由。ただしＡ４用紙を使用のこと。
※手書き、感熱紙不可。
※原稿には必ずノンブル（通し番号）を入れてください。

---

**＜応募上の注意＞**

◆原稿の１枚目には、作品のタイトル、ペンネーム、住所、氏名、年齢、電話番号、メールアドレス、投稿（掲載）歴を添付してください。
◆２枚目には、作品のあらすじ（４００字～８００字程度）を添付してください。
◆未完の作品（続きものなど）、他誌との二重投稿作品は受付不可です。
◆原稿は返却いたしませんので、必要な方はコピー等の控えをお取りください。
◆１作品につき、ひとつの封筒でご応募ください。

---

**＜採用のお知らせ＞**

◆採用の場合のみ、原稿到着後６カ月以内に編集部よりご連絡いたします。
◆優れた作品は、リンクスロマンスより発行させていただきます。
原稿料は、当社既定の印税でのお支払いになります。
◆選考に関するお電話やメールでのお問い合わせはご遠慮ください。

## 宛先

〒151-0051
東京都渋谷区千駄ヶ谷４−９−７
**株式会社　幻冬舎コミックス**
**「リンクスロマンス　小説原稿募集」係**

初出

| | |
|---|---|
| 野蛮の蜜 | 2009年 小説リンクス10月号掲載を加筆修正 |
| 玉繭 | 書き下ろし |

この本を読んでの
ご意見・ご感想を
お寄せ下さい。

〒151-0051
東京都渋谷区千駄ヶ谷4-9-7
(株)幻冬舎コミックス　リンクス編集部
「神《こう》代《じろ》 晄《あきら》先生」係／「雪《ゆき》路《みち》凹《おう》子《じ》先生」係

リンクス ロマンス

# 野蛮の蜜

2016年6月30日　第1刷発行

著者……………神《こう》代《じろ》 晄《あきら》
発行人…………石原正康
発行元…………株式会社　幻冬舎コミックス
〒151-0051　東京都渋谷区千駄ヶ谷4-9-7
TEL 03-5411-6431（編集）
発売元…………株式会社　幻冬舎
〒151-0051　東京都渋谷区千駄ヶ谷4-9-7
TEL 03-5411-6222（営業）
振替00120-8-767643
印刷・製本所…株式会社　光邦
検印廃止


ISBN978-4-344-83754-6 C0293
Printed in Japan

幻冬舎コミックスホームページ　http://www.gentosha-comics.net

本作品はフィクションです。実在の人物・団体・事件などには関係ありません。